Dies ist die Geschichte der Berliner Jüdin Rosella Galante, die während des Krieges nach Istanbul flüchtete. Und die Geschichte der jungen Türkin Pelin, die sich ihr Studium finanziert, indem sie sich mit der 88-jährigen Rosella unterhält. Einfach nur reden, Woche für Woche. Das ist es, wofür die exzentrische Rosella sie angestellt hat. Über die Vergangenheit in Istanbul. Aber auch über wehmütige Erinnerungen, geplatzte Träume, Liebschaften und sogar Sex. Es ist die Geschichte einer ganz und gar ungewöhnlichen Freundschaft zwischen zwei Frauen. Eine aufwühlende Reise durch Europa und Asien. Ein humorvolles, anrührendes Gespräch darüber, was wirklich zählt im Leben.

TUNA KIREMITÇI wurde 1973 in Eskişehir, Anatolien, geboren. Er studierte Filmwissenschaften an der Mimar Sinan Universität der Schönen Künste in Istanbul. Schon während seiner Schulzeit veröffentlichte er Gedichte. Für seine Kurzfilme wurde er vielfach ausgezeichnet. Er schreibt Drehbücher, arbeitet als Kolumnist, komponiert sehr erfolgreich Musik und singt. Seine Auftritte werden in der Türkei gefeiert, seine zahlreichen Fans lieben ihn. Tuna Kiremitçis Romane sind allesamt Bestseller in der Türkei.

TUNA KIREMITÇI

Madame Rosella und die Liebe

Roman

Aus dem Türkischen
von Annette Hanisch

btb

Die türkische Originalausgabe erschien 2007 unter dem Titel »Dualar Kalıcıdır« bei Doğan Kitapçılık, Istanbul.

MIX
Papier aus verantwortungsvollen Quellen
FSC® C083411

Verlagsgruppe Random House FSC® N001967
Das für dieses Buch verwendete FSC®-zertifizierte
Papier *Lux Cream* liefert Stora Enso, Finnland.

1. Auflage
Deutsche Erstveröffentlichung Juli 2015

Umschlaggestaltung: semper smile, München
Umschlagmotiv: © Shutterstock / Suchkova Anna
Satz: Uhl + Massopust, Aalen
Druck und Einband: CPI books GmbH, Leck
UB · Herstellung: sc
Printed in Germany
ISBN 978-3-442-74934-8

www.btb-verlag.de
www.facebook.com/btbverlag
Besuchen Sie auch unseren LiteraturBlog www.transatlantik.de

Für meine Schwester Banu …

»Mache unser bedrücktes, verdunkeltes,
zu Stein gewordenes Herz weich wie Wachs,
erhöre unser Flehen und Jammern,
auf dass es sich öffne und aufnehme deine Gnade …«

Mevlana

1

»Oh, guten Tag. Herzlich willkommen, kleines Fräulein.«

»Guten Tag.«

»Bitte, setzen Sie sich doch. Ich empfehle Ihnen diesen roten Sessel. Sehr bequem.«

»Danke.«

»Vielleicht hat Zelda Sie erschreckt? Bitte nehmen Sie ihr das nicht übel. Als sie sechs war, wurde sie mit ihrer Familie in ein Konzentrationslager gebracht. Sie hat mit eigenen Augen gesehen, wie Vater und Mutter getötet wurden. Seitdem spricht sie nicht mehr. Aber das soll Sie nicht täuschen. Sie ist eine wahre Perle. Seit fast dreißig Jahren führt sie hier den Haushalt, und sie hat sich nicht das Geringste zuschulden kommen lassen.«

»Keine Sorge, sie hat mich nicht erschreckt.«

»Aber Sie wirken so nervös ...«

»So bin ich eben bei Vorstellungsgesprächen. In meinem Leben ist noch kein einziges Vorstellungsgespräch gut gelaufen, deswegen.«

»Kleines Fräulein, ich bitte Sie, sehen Sie dies nicht als Vorstellungsgespräch.«

»Als was soll ich es denn sehen?«

»Nehmen Sie es als einen Besuch bei mir. Oder einen

kleinen Abendspaziergang. Stellen Sie sich vor, dass Sie bei einer entfernten Tante zu Gast sind.«

»Na gut.«

»Aber Ihr Mantel?«

»Was ist mit meinem Mantel?«

»Ach, nichts. Die Farbe gefällt mir sogar sehr gut. Altrosa sagt man dazu, nicht wahr?«

»Ja, Sie haben recht. Altrosa.«

»Wo haben Sie ihn gekauft?«

»In einem Geschäft in Beyoğlu.«

»Ach, Beyoğlu … Ist es dort immer noch so schön wie früher?«

»Das kommt ziemlich darauf an, was Sie unter schön verstehen. Wenn Sie von dem Beyoğlu reden, wo sich die Leute früher in Festtagskleidern trafen, dann nein. Aber wenn Sie es damit vergleichen, wie es vor zwanzig Jahren aussah, dann ja.«

»Warum? War es sehr schlimm vor zwanzig Jahren?«

»Madame Rosella, wann waren Sie das letzte Mal in Istanbul?«

»Für mich gibt es keine Reisen nach Istanbul mehr, kleines Fräulein. Es gibt nur den Wunschtraum, nach Istanbul zurückzukehren. Aber auch das ist nicht mehr möglich … Mein Gesundheitszustand erlaubt keine Reisen mehr, leider. Aber wenn Sie mich fragen, wie lange es her ist, dass ich hierhergekommen bin – genau sechzig Jahre. Seitdem träume ich von Istanbul.«

»Sie haben Istanbul das letzte Mal vor sechzig Jahren gesehen?«

»Ja, seitdem nie wieder.«

»Aber Ihre Sprache?«

»Was ist mit meiner Sprache?«

»Nun ja, Ihre Sprachkenntnisse …«

»Ja?«

»Ich meine nur, Sie sprechen ziemlich gut Türkisch. Für jemanden, der sechzig Jahre nicht dort war.«

»Sie sind sehr freundlich.«

»Es ist die reine Wahrheit.«

»Als mein Aldo noch lebte, da sprachen wir manchmal türkisch miteinander. Aber er ist schon sechs Jahre tot. Seitdem bewahre ich alles nur noch im Gedächtnis auf. Und ich schaue türkisches Fernsehen.«

»Ich finde, Sie sprechen echt gut. Eigentlich sogar besser als die meisten Leute, die ich in Istanbul kenne.«

»Ach, *vraiment*?«

»Ich versichere es Ihnen.«

»Aber Ihr Mantel?«

»Was ist denn schon wieder mit meinem Mantel?«

»Wollten Sie so im Mantel sitzen bleiben, wie ein offizieller Gast?«

»Schon gut, ich ziehe ihn sofort aus.«

»Ist Ihr Schal selbst gestrickt?«

»Ja …«

»Violett ist eine wunderbare Farbe für Wolle. Darf ich fragen, wer den Schal gestrickt hat?«

»Ja, natürlich dürfen Sie. Den hat meine Großmutter väterlicherseits gestrickt.«

»Ja wirklich? Mögen Sie Ihre Großmutter?«

»Wenn ich's mir recht überlege, ist sie der einzige Mensch in meiner Familie, den ich wirklich geliebt habe. Aber leider lebt sie nicht mehr …«

»Ach, das tut mir sehr leid.«

»Das braucht Ihnen nicht leidzutun. Kismet.«

»Was sagten Sie?«

»Seien Sie nicht traurig, das ist ihr Kismet.«

»Kismet… wie lange es her ist, dass ich dieses Wort gehört habe …«

»In der Schule hat es außer mir niemand gesagt… Selbst die Lehrer machten sich über mich lustig wegen solcher Wörter. Aber die haben sich mir nun mal eingeprägt. Wahrscheinlich wegen meiner Großmutter.«

»Oder *dank* Ihrer Großmutter.«

»So kann man es natürlich auch sehen.«

»Legen Sie Ihren Mantel da drüben hin. Zelda kommt gleich und nimmt ihn mit. Ich bitte Sie, entspannen Sie sich doch. Fühlen Sie sich wie zu Hause …«

»Ich werd's versuchen.«

»Wie sind Sie auf die Anzeige gestoßen?«

»In meiner freien Zeit verkaufe ich Zeitungen, um mir ein Taschengeld zu verdienen. Gestern hatte ich bis mittags gearbeitet. Dann setzte ich mich auf eine Parkbank mit dem Stapel Zeitungen neben mir. Ein Windstoß wehte ein paar vom Stapel. Als ich versuchte, sie wieder zusammenzufalten, fiel mein Blick auf die Anzeige. Sie interessierte mich, weil sie auf Türkisch war.«

»Sie haben die Anzeige also nicht beim Lesen der Zeitung entdeckt.«

»Ich lese keine Zeitung.«

»Auch keine Lokalzeitungen?«

»Erst recht keine Lokalzeitungen.«

»Warum denn nicht? Übrigens, was darf Zelda Ihnen anbieten?«

»Vielleicht einen Kaffee.«

»Wir haben auch Tee. Nach Istanbuler Art gebrüht. Karminrot.«

»Danke, ich nehme lieber Kaffee. Mit Milch und Zucker bitte …«

»Ach, noch etwas – Sie brauchen nicht zu schreien, kleines Fräulein. Zelda hört Sie sehr gut. Dass sie nicht spricht, hat ausschließlich psychologische Gründe.«

»Tut mir leid.«

»Ich bitte Sie, werden Sie doch nicht gleich rot. Ich habe es nur gesagt, damit Sie sich nicht anstrengen. Hoffentlich nehmen Sie es mir nicht übel.«

»Ich nehme es Ihnen nicht übel.«

»Aber Sie sind rot geworden.«

»Bei dieser Art … Unterredung passiert mir das immer. Ich kann's nicht verhindern. Jetzt, wo Sie gesagt haben, dass ich rot geworden bin, wird es nur noch schlimmer.«

»Dann lasse ich Sie am besten in Ruhe.«

»Ist schon gut.«

»Wo waren wir stehen geblieben?«

»Weiß nicht, ich habe es auch vergessen …«

»*Ah oui, les journaux* … Sie sagten, dass Sie keine Zeitungen lesen.«

»Ja, richtig. Ich glaube, die Journalisten denken, sie würden umso mehr Zeitungen verkaufen, je mehr schlechte Nachrichten darin stehen. Und ich habe keine Lust, mir sämtliche Probleme dieser Welt aufzuhalsen und dafür auch noch Geld zu bezahlen. Ich finde, jeder hat genug mit seinen eigenen Problemen zu tun.«

»Aber gilt das nicht auch für Bücher?«

»Romane oder so etwas lese ich auch nicht … Ich finde es ganz und gar unlogisch, sich um erfundene Helden zu sorgen, wo es schon so schwer ist, mit seinem eigenen Leben zurechtzukommen.«

»Was lesen Sie denn?«

»Im Moment mehr Gedichte.«

»Im Ernst?«

»Ja … Frau Rosella … Bitte verstehen Sie mich nicht falsch, aber darf ich mal was fragen?«

»Natürlich …«

»Was machen wir hier eigentlich?«

»Wir unterhalten uns, Mademoiselle.«

»Aber warum denn? Sie haben doch die Anzeige nicht aufgegeben, um sich zu unterhalten?«

»Eigentlich habe ich sie genau dafür aufgegeben.«

»Das habe ich, glaube ich, nicht verstanden.«

»Das macht nichts … Was stand noch in der Anzeige, erinnern Sie sich?«

»Ich brauche mich nicht zu erinnern, ich habe die Anzeige ja dabei. Ich hole sie eben aus der Tasche.«

»Nicht nötig, ich sage es Ihnen: ›*Suche Türkisch sprechende(n) Angestellte(n). Gute Bezahlung. Keine Berufserfahrung erforderlich. Nichtraucher bevorzugt.*‹«

»Ja, so ähnlich stand es da.«

»Nicht so ähnlich, wortwörtlich. Ich habe es selbst geschrieben. Aber ich verstehe Ihr Befremden. Schließlich sind Sie nach einem langen Tag durch die ganze Stadt hierhergefahren. Die Tür wurde Ihnen von einer stummen Haushälterin geöffnet, und jetzt müssen Sie sich mit einer alten Schachtel unterhalten. Man sieht Ihnen an, wie sehr Sie das langweilt, aber auf der anderen Seite brauchen Sie das Geld, deshalb können Sie nicht einfach aufstehen und gehen.«

»Das wollte ich damit nicht sagen.«

»*Je sais.* War doch nur ein Scherz.«

»Ehrlich gesagt, dass das ein Scherz sein sollte, war mir nicht klar.«

»Kleines Fräulein, zwischen uns liegen mehr als sechzig Jahre. Das sagt sich leicht. Aber, das müssen Sie zugeben, in dieser Zeitspanne hatte der Humor viel Zeit, sich zu verändern, nicht wahr?«

»Entschuldigen Sie, aber Sie sind Meisterin darin, vom Thema abzukommen.«

»Ganz im Gegenteil, kleines Fräulein. Wir nähern uns dem Thema. Ich werde es Ihnen erklären. Was tun wir jetzt gerade?«

»Sie haben es schon gesagt, wir unterhalten uns.«

»Ja genau, deswegen sind Sie hier.«

»Weswegen?«

»Damit wir uns unterhalten.«

»Sie haben diese Anzeige aufgegeben, um jemanden zu finden, der sich mit Ihnen unterhält?«

»Nicht irgendjemanden, kleines Fräulein. Jemanden, der Türkisch spricht.«

»Ich versuche zu verstehen.«

»Lassen Sie mich nachhelfen. Die alte Frau, die Sie vor sich sehen, hat die außergewöhnlichsten, schönsten, schmerzvollsten und merkwürdigsten Jahre ihres Lebens in Istanbul verbracht. Alles, was ich dort erlebt habe, hat mich zu dem gemacht, was ich bin. Jeder Schritt, jeder Atemzug, die ich in Istanbul getan habe, haben für mich große Bedeutung. Jetzt bin ich alt und krank, und meine Zeit neigt sich dem Ende entgegen. Am schlimmsten ist das beginnende Entschwinden der Erinnerungen ...«

»Das beginnende was?«

»Entschwinden, Mademoiselle ... Ich meine, das Vergessen ... Meine Ausdrucksweise klingt wohl ein wenig verstaubt, aber schließlich habe ich Türkisch vor mehr als sechzig Jahren gelernt.«

»Das macht gar nichts, Frau Rosella. Sie sind wirklich gut.«

»Wollen Sie nicht Ihren Kaffee trinken?«

»Oh, den hatte ich gar nicht gesehen. Wie leise sie hereingekommen ist ... Vielen Dank, Frau Zelda.«

»Ach Zelda, machst du beim Hinausgehen die Tür zu, bitte ...«

»Ist sonst keiner aus ihrer Familie am Leben geblieben?«

»Es gab noch einen Bruder. Sie hat nicht mit eigenen Augen gesehen, dass er getötet wurde. Sie hat keinen Antrieb, Nachforschungen anzustellen, aus Angst zu erfahren, dass er tot sein könnte. So kann sie immerhin der Vorstellung nachhängen, dass er an irgendeinem Ort sein Leben lebt.«

»Wie schrecklich.«

»Wovon sprachen wir?«

»Von Istanbul und was die Stadt Ihnen bedeutet …«

»Die Jahre, die ich in Istanbul verbracht habe, waren die wahrhaftigsten meines Lebens. Jetzt, in diesem Alter, wo sich langsam alles verwischt und dem Vergessen anheimfällt, wissen Sie, was da das Einzige ist, das zu vergessen mir unerträglich wäre?«

»Istanbul?«

»Nein, falsch geraten … Versuchen Sie es noch einmal.«

»Frau Rosella, ich mag Ratespiele überhaupt nicht. Sagen Sie es mir, ich bitte Sie.«

»Türkisch.«

»Türkisch?«

»Ja, die türkische Sprache … Die Erinnerung an diese Jahre besteht im Türkischen fort, kann nur auf Türkisch weiterleben. Ich weiß nicht, wann mein Gedächtnis mich im Stich lässt, aber die Ärzte sagen, es kann sich jederzeit dramatisch verschlechtern. Wenn ich mein Türkisch vergesse, dann habe ich Angst, dass das Erlebte in aller Stille verloren geht. Das ist der Grund für meine Anzeige …«

»Sie wollen, dass ich mit Ihnen türkisch spreche?«

»Ja … nicht viel, einmal die Woche ist vollkommen ausreichend. Wir werden uns so wie jetzt hinsetzen und uns ein, zwei Stunden unterhalten. So verhindere ich, dass ich mein Türkisch vergesse. Und meine Erinnerungen, die mich zu dem gemacht haben, was ich bin …«

»Und worüber werden wir reden?«

»Was immer Sie mögen … Ihre Universität, Ihre Wohnung, eine Katze, die Sie auf dem Weg hierher gesehen haben … einen Tagelöhner auf der Straße … die Lichter in den Kirchen … was in Istanbul passiert … Was Sie wollen … Hauptsache, wir reden miteinander.«

»Ich weiß nicht, Madame Rosella.«

»Sie schauen nicht sehr überzeugt.«

»Wie gesagt, ich weiß nicht.«

»Sie brauchen nicht gleich zu antworten. Überlegen Sie es sich ein Weilchen. Wenn Sie nicht möchten, machen Sie sich deswegen bitte kein schlechtes Gewissen. Ich werde nicht gekränkt sein, nicht nachtragend. Schließlich ist das ein Job, *n'est-ce pas?*«

2

»Danke, dass Sie angenommen haben. Ich muss zugeben, nach unserem ersten Gespräch neulich hatte ich keine große Hoffnung.«

»Gern geschehen. Außerdem brauche ich, wie Sie bereits sagten, das Geld.«

»Hat es Sie verletzt, dass ich das so gesagt habe?«

»Mich verletzt man nicht so leicht, Frau Rosella, keine Sorge.«

»Ach wirklich? Dabei verraten Ihre Züge eher das Gegenteil.«

»So, was verraten denn meine Züge?«

»Sie sind sehr schön.«

»Nicht doch.«

»Jetzt sind Sie schon wieder rot geworden.«

»Ich weiß nicht… Ich finde mich eigentlich nicht besonders schön.«

»Sie haben schwarzes, welliges Haar, volle Lippen und ein kleines, feines Antlitz.«

»Ich bitte Sie, Sie beschämen mich.«

»Aber das Schlimmste sind Ihre Augen.«

»Warum das?«

»In Ihren Augen liegt eine herzergreifende Melancholie. Sie haben den Blick eines Menschen, der mannigfaltige Dinge erlebt hat.«

»Was für Dinge?«

»Mannigfaltige, Mademoiselle… vielfältige… mancherlei…«

»Sie hätten Schriftstellerin werden sollen.«

»Wer sagt Ihnen, dass ich's nicht bin?«

»Sie sind Schriftstellerin?«

»Liebe Pelin, jeder, der mein Alter erreicht hat, ist bis zu einem gewissen Grad ein Dichter. Früher habe ich Tagebuch geführt, aber irgendwann, wie soll ich sagen, da hat es mich geschmerzt, meine Erinnerungen zu lesen.«

»Ich mag Tagebuchschreiben ganz und gar nicht.«

»Interessant. Warum denn nicht?«

»Was Ihnen im Moment des Schreibens ganz logisch vorkommt, erscheint Ihnen nach einem Jahr so dämlich, dass Sie sich schämen, es je geschrieben zu haben. Außerdem ist es nicht sehr klug, Aufzeichnungen zu hinterlassen.«

»In diesem Punkt stimme ich Ihnen vollkommen zu.«

»Sobald bekannt ist, dass Sie Tagebuch führen, gibt es garantiert einen neugierigen Bekannten oder Verwandten, der darauf brennt, das zu lesen. Und das Schlimmste ist, dass sie es jedes Mal finden, egal, wie gut es versteckt ist.«

»Das ist Ihnen wohl schon einmal passiert.«

»Ja, mehrmals sogar.«

»Und wer hat das Tagebuch gefunden?«

»In der Regel mein Vater.«

»Schon richtig, Verwandte können sehr gefährlich sein.«

»Besonders solche wie meine.«

»Wieso denn? Wie ist denn Ihr Vater?«

»Madame Rosella, können wir da ein andermal drüber sprechen?«

»Mein Fräulein, nur dass eines klar ist: Sie brauchen über nichts mit mir zu sprechen, was Sie nicht wollen. Sie brauchen auch gar nicht mit mir zu sprechen. Ich meine, Sie sind nicht dazu verpflichtet, diese Arbeit zu machen.«

»Aber ich brauche doch das Geld, nicht wahr?«

»Ich könnte Ihnen etwas leihen.«

»Aber Sie kennen mich doch gar nicht.«

»Und was ist, wenn ich Sie nicht kenne?«

»Was ist, wenn ich es nicht zurückzahle?«

»Meine liebe Pelin, so reich, dass ich die Summe, die ich Ihnen zur Verfügung stellen würde, verschmerzen könnte, bin ich gerade noch … Und selbst wenn es nicht so wäre, glaube ich nicht, dass mir genug Zeit bleibt, mein Geld noch auszugeben.«

»Es macht mir Spaß, mich mit Ihnen zu unterhalten.«

»Sie sind sehr liebenswürdig.«

»Vielen Dank.«

»Trotzdem bin ich überrascht … Beim letzten Treffen hatten Sie es ziemlich eilig, fortzukommen. Darum habe ich mich besonders gefreut, als Sie anriefen, um zuzusagen.«

»Wollen Sie die Wahrheit hören?«

»Ich bitte darum … das ist doch der Sinn der Sache.«

»Ich hatte mein Telefon vergessen, erinnern Sie sich?«

»Kleines Fräulein, ich habe wohl gesagt, dass mein Gedächtnis schlecht ist, aber so schlecht denn doch nicht.«

»Also, ich kam zurück, um es zu holen …«

»Ah, ich verstehe.«

»Was?«

»Als Sie aus meinem Haus traten, merkten Sie, dass Sie Ihr Telefon bei der alten Schachtel vergessen hatten. Das war Ihnen natürlich sehr unangenehm. Sie klingelten, Zelda öffnete Ihnen die Tür. Und auf der Treppe ins Obergeschoss hörten Sie mich reden, *n'est-ce pas?*«

»Ja.«

»Erst glaubten Sie, ich würde mit mir selbst reden. Als Sie näher kamen und zur Tür hereinschauten, haben Sie Charlotte gesehen.«

»Ja, ich hatte sie vorher nicht bemerkt.«

»Sie ist Fremden gegenüber ein wenig scheu. Sie lässt sich nicht sofort blicken, sondern versteckt sich in einem anderen Zimmer.«

»Und wo ist sie jetzt?«

»Wer weiß? Vielleicht jagt sie im Garten Käfer. Worüber sprachen wir?«

»Nicht wichtig, Madame Rosella.«

»Ach, ich weiß es wieder! Sie schauten zur Tür herein, und die Szene berührte Sie. Eine Alte, die aus Einsamkeit mit ihrer Katze spricht …«

»Madame Rosella …«

»Und was ich sagte, weckte Ihr Mitgefühl.«

»So sentimental bin ich nicht.«

»Ich sagte wohl etwas wie: ›Siehst du, Charlotte, schon sind wir wieder allein.‹«

»Das weiß ich nicht mehr.«

»›Keiner will uns Gesellschaft leisten, weil wir so alt sind.‹«

»Ich weiß es nicht mehr.«

»Und als Sie das hörten, brach es Ihnen natürlich das Herz.«

»Ich möchte nicht, dass Sie mich falsch einschätzen, Madame Rosella … Ich bin wirklich nicht so rührselig. *Kasmayın kendinizi.*«

»Wie bitte?«

»Das ist so eine neue Redensart.«

»Sagen Sie's noch einmal.«

»*Kasmayın kendinizi.*«

»Und was bedeutet das genau?«

»Machen Sie sich nichts draus, nehmen Sie's nicht so ernst.«

»Ist das ein beliebter Ausdruck?«

»Na ja, eher bei Jugendlichen.«

»Und gibt es noch mehr solche Redensarten?«

»Ich kann mir nicht vorstellen, dass Sie die hören möchten.«

»Im Gegenteil, es würde mich freuen … Was Sprache betrifft, war Aldo sehr viel konservativer als ich. Ich finde neue Wortschöpfungen meist amüsant.«

»Weil Sie nämlich eine ultracoole Frau sind.«

»Was für eine Frau?«

»Na, ultracool eben. Entspannt, ungezwungen …«

»Da hätten wir schon Nummer zwei.«

»Richtig. Wir entfalten uns langsam.«

»Ja … Wo waren wir stehen geblieben?«

»Ganz unwichtig, Madame Rosella. Vergessen Sie's einfach.«

»Da fällt's mir wieder ein … Sie sahen, wie ich aus Einsamkeit mit meiner Katze redete, und ich tat Ihnen leid … Dann gingen Sie nach Hause, erinnerten sich an diese Szene und an Ihre Geldnöte und entschieden, dass es das Vernünftigste wäre, den Job anzunehmen.«

»Ich korrigiere mich. Sie hätten Drehbuchautorin werden sollen, Madame Rosella.«

»Warum lachen Sie denn?«

»Sie sind einfach entzückend.«

»Und wer sagt Ihnen, dass ich nicht gleichzeitig eine gute Schauspielerin bin?«

»Wie meinen Sie das?«

»Nehmen wir an, ich hätte bemerkt, dass Sie das Telefon vergessen haben … Ich höre, wie Sie die Treppe hochkommen und sich dem Zimmer nähern. Daraufhin spiele ich Ihnen die Szene mit der Katze vor, damit Sie mich bedauern. Wäre das nicht möglich?«

»Doch, durchaus.«

»Und weil Sie auf die Intrige der alten Frau hereingefallen sind, sind Sie jetzt hier. Na, dann mal los!«

»Ich sagte schon, Sie sind entzückend.«

»Wie schön, Sie lachen zu sehen.«

»Danke.«

»Wenn Sie lachen, verengen sich Ihre Augen, und auf Ihren Wangen bilden sich kleine Grübchen, die Ihnen sehr gut stehen. Sicher haben Sie jede Menge Verehrer.«

»Dieses Thema sollten wir noch ein wenig verschieben.«

»Na gut, Mademoiselle. *Kasmayın kendinizi.*«

»Bravo, Madame Rosella. Sie lernen schnell!«

»Das verdanke ich Ihnen.«

3

»Aldo und ich haben uns 1936 kennengelernt. Können Sie sich das vorstellen?«

»Um die Wahrheit zu sagen, so weit zurück kann ich überhaupt nicht denken.«

»Und ich erinnere mich, als sei es gestern gewesen ... Das ist das Alter ... Du weißt nicht mehr, was du gestern Abend gegessen hast, aber was Anfang des Jahrhunderts passierte, daran erinnerst du dich noch haargenau.«

»Sie wollen mir doch sicher erzählen, wie Sie sich kennengelernt haben.«

»Wirke ich so erzählfreudig?«

»Ich dachte, wir wären hier, um zu sprechen.«

»Ja richtig ... aber schauen Sie sich erst einmal das Bild dort an der Wand an.«

»Ich glaub's nicht, Madame Rosella, wie schön Sie sind!«

»Meine Haare sind hübsch, nicht wahr?«

»Nicht nur die Haare. Ihr Teint, die Augen, der Blick ...«

»Ja ... die Zeit ist grausam ...«

»Das wollte ich nicht sagen. Aber als Monsieur Aldo Sie gesehen hat, war er bestimmt geplättet.«

»Geplättet?«

»Na ja, er hat sich in Sie verknallt.«

»Ich glaube, dieses Wort gefällt mir nicht so gut.«

»Mir eigentlich auch nicht, am besten, Sie streichen es gleich wieder.«

»Aber – unter uns gesagt – ja, er war wie vom Blitz getroffen. Ich war gerade aufs Gymnasium gekommen. In meiner Freizeit ging ich in den städtischen Tennisklub. Mein größter Wunsch war, eines Tages in Wimbledon im Finale zu stehen. Jugendträume eben …«

»Jetzt verstehe ich.«

»Was denn, Mademoiselle?«

»Als ich Sie das erste Mal besuchte, lief da nicht ein Tennismatch im Fernsehen?«

»Ach, richtig.«

»Graf gegen Sabatini. 1991 …«

»Dann mögen Sie auch Tennis?«

»Tennis ist eine der wenigen Sachen, die ich leidenschaftlich gern gemacht habe. Auf der Mittelschule habe ich täglich gespielt.«

»Und dann?«

»Wie, und dann?«

»Warum haben Sie aufgehört?«

»Keine Fragen, Madame Rosella … Unerfreuliche Geschichten.«

»Kleines Fräulein, Sie verstehen es meisterhaft, Wissbegierde zu wecken.«

»*Was* zu wecken?«

»Neugier …«

»Es war nicht meine Absicht, Sie neugierig zu machen… Es tut manchmal einfach weh, über gewisse Dinge zu reden, stimmt's?«

»Ach, niemand weiß das besser als ich.«

»Aber Sie möchten trotzdem darüber sprechen.«

»Mademoiselle, unsere Lebensumstände sind verschieden… Sie sind jung. Für Sie ist das Leben ein Meer von Möglichkeiten. Was mich betrifft, so habe ich nur noch sehr wenige Möglichkeiten vor mir. Ich kann nur erzählen und in den Erinnerungen Trost suchen.«

»Und ich höre gespannt zu.«

»Ja wirklich… Sie sind eine professionelle Zuhörerin.«

»Ganz sicher… Also, zuletzt waren wir im Tennisklub…«

»Ich war zu der Zeit das unumstrittene Zugpferd des Klubs… Denn alle Studenten der Berliner Uni waren in mich verknallt.«

»Hahaha…«

»Wie, passt das Wort nicht?«

»Doch, Madame Rosella, besser ging's gar nicht! Ich glaube, noch nie hat jemand das Wort ›verknallt‹ so niedlich gesagt. Machen Sie weiter.«

»Wenn ich spielte, füllten sich die Tribünen… Nicht nur die jungen Männer kamen, nein, auch meine Mitschülerinnen vom Gymnasium…«

»Die auch einen abkriegen wollten.«

»Na ja… so kann man wohl sagen. Sie rechneten sich wahrscheinlich aus, dass ich allein so viele Verehrer nicht in Schach halten konnte und dass da auch jemand für sie abfallen würde. Ich war sozusagen die Entenpfeife, die alle jungen Männer anzog. Kennen Sie Entenpfeifen?«

»Nein, noch nie gehört.«

»Sie haben wohl mit dem Jagen nicht so viel zu tun.«

»Nicht, wenn es um Jagd auf Tiere geht.«

»Mademoiselle, Sie werden in meinen Augen ständig interessanter.«

»Wie schön.«

»Nun also, worüber sprach ich?«

»Die Entenpfeife.«

»Kennen Sie die?«

»Nein, Madame Rosella.«

»Sie ist wie eine Ente geformt. Wenn Sie darauf pfeifen, kommen die Entchen hervor, und man kann sie jagen. Zu unserer Zeit gab es noch keine fabrikgefertigten Pfeifen. Jeder Jäger musste sich aus Rohr seine eigene Pfeife schnitzen.«

»Jetzt haben Sie meine Neugier geweckt.«

»Aldos Pfeifen sind bestimmt noch da. Bei Gelegenheit zeige ich sie Ihnen. Also, ich hatte damals die Rolle einer Entenpfeife. Sobald ich Tennis spielte, tauchten sämtliche gut aussehenden jungen Männer auf.«

»Madame Rosella, darf ich mal was fragen?«

»Ihre Stimme klingt so schelmisch.«

»Sie dürfen mir aber nicht böse sein.«

»Haben Sie schon erlebt, dass ich böse geworden bin?«

»Nein, noch nicht … eben deswegen scheue ich mich ein wenig. Aber wenn ich das nicht frage, platze ich vor Neugier.«

»Nur zu, fragen Sie.«

»Waren Sie eine Herzensbrecherin?«

»Herzensbrecherin?«

»Ja ...«

»In welcher Hinsicht?«

»Wie viele Bedeutungen hat ›Herzensbrecher‹?«

»Im damaligen Deutschland sicher mehr als eine ... und für Männer eine andere als für Frauen ... Und wenn Sie wie ich in eine traditionsverhaftete jüdische Familie hineingeboren waren, dann waren dem Herzenbrechen schon von Natur aus Grenzen gesetzt ... Aber Gott weiß, dass es mir Spaß gemacht hat, diese Grenzen bis zum Letzten auszukosten.«

»Na also, Sie waren eine Herzensbrecherin!«

»Ach, ich weiß nicht ... Heimliche Treffen am späten Abend, Küsse unter Bäumen oder übers Haar streichen, gehört das zum Herzenbrechen?«

»Nein.«

»Und was ist mit heimlich in die Hand gedrückten Briefen, Ihnen gewidmeten Liedern oder einem Gedicht, das unter Ihrem Balkon rezitiert wird?«

»Eigentlich kommt es wohl darauf an, mit wie vielen Personen Sie das gemacht haben.«

»...«

»...«

»Mademoiselle, ich bewundere Ihre Kühnheit.«

»Werde ich jetzt rausgeschmissen?«

»Ich weiß nicht, was Sie von mir hören wollen, aber so viel kann ich Ihnen sagen, ja ... ich habe die Männer immer geliebt… nicht nur ihre äußere Erscheinung… Ich mochte, wie sie mich verehrten, ich liebte ihre Fürsorge, ihre kindliche Art, ihre männliche Ausstrahlung. So, und jetzt schauen Sie sich einmal das andere Bild an der Wand an.«

»Ich hatte es gleich am ersten Tag gesehen. Das muss Monsieur Aldo sein…«

»Und? Wie finden Sie ihn?«

»Nicht übel.«

»Bitte, seien Sie ehrlich.«

»Na ja… also…«

»Ein kleines Gesicht, runde Brille, schon in jungen Jahren schütteres Haar… Sieht so der Prinz aus, in den sich das schönste Mädchen aus dem Tennisklub verliebt?«

»Eigentlich nicht.«

»Und doch wollte ich nur ihn. Noch dazu unter den ganzen Bewerbern, die aussahen wie Johnny Weissmüller… Möchten Sie wissen, warum gerade ihn?«

»Zu gerne, Madame Rosella.«

»Ich wählte ihn, weil er der Einzige war, der mich wirklich kennenlernen wollte… Nur er hat verstanden, was mich im Innern ausmacht…«

»…«

»Sie sind in Gedanken versunken?«

»Ach nichts, ich höre einfach zu.«

»Aber Sie haben feuchte Augen bekommen?«

»Ich weiß nicht.«

»Nicht doch. Wir sind doch noch gar nicht bei den sentimentalen Stellen der Geschichte.«

»Madame Rosella, ich verdrück mich langsam.«

»Wie bitte?«

»Ich wollte sagen, es ist spät geworden. Mit Ihrer Erlaubnis …«

»In Ordnung, Mademoiselle … Verdrücken Sie sich nur … Vergessen Sie nicht, dass ich jetzt schon ungeduldig den nächsten Donnerstag erwarte. Und bitten Sie Zelda beim Hinausgehen, dass sie mir meine Tabletten bringt. Ich werde heute früh schlafen gehen.«

4

»Kleines Fräulein, Sie wirken lustlos …«

»Ich weiß auch nicht … Heute fühle ich mich bedrückt.«

»Wenn Sie möchten, nehmen Sie heute frei.«

»Nein, das ist nicht nötig.«

»Möchten Sie vielleicht erzählen?«

»Was denn?«

»Was auch immer.«

»Es gibt nichts zu erzählen, Madame Rosella. Seit einigen Tagen fühle ich mich so. Wahrscheinlich liegt es am Regen …«

»Ja, es hört gar nicht mehr auf zu regnen.«

»Eigentlich mag ich solch ein Wetter … Ich weiß auch nicht, was mit mir los ist …«

»Wie war denn Ihre Woche?«

»So wie immer …«

»Ich weiß ja gar nicht, was Sie immer machen.«

»Na ja, ich war in der Uni. Habe die Seminare besucht …«

»Ich habe vergessen, an welcher Fakultät Sie studieren.«

»Das können Sie gar nicht vergessen haben, ich hatte

es nämlich noch nicht erzählt. Ich studiere französische Literatur. Zweites Studienjahr.«

»Mögen Sie die französische Literatur?«

»Mit dem Stoff habe ich kein Problem, aber …«

»Sie mögen diese Stadt nicht.«

»Merkt man das so deutlich?«

»Mademoiselle, Sie sind aus Istanbul. Für jemanden aus Istanbul ist diese mitteleuropäische Stadt viel zu ruhig, aufgeputzt, kein Flair. Übertrieben zivilisiert … Selbst zu meiner Zeit war es schwer, sich vom Bosporus kommend mit den hiesigen Gepflogenheiten vertraut zu machen. Ich bin sicher, die Kluft hat sich inzwischen vervielfacht.«

»Darauf können Sie Gift nehmen.«

»Darf ich Sie fragen, wo Sie hier wohnen?«

»Für den Fall, dass ich ausreiße?«

»Nein, falls Sie etwas brauchen.«

»Ich wohne im Studentenwohnheim der Uni, zusammen mit einer hirnlosen Belgierin.«

»Sie verstehen sich nicht?«

»Das ist unmöglich, denn für die Idiotin ist jeder, der irgendwo aus dem Nahen Osten kommt, ein potenzieller Selbstmordattentäter.«

»Wie ungehörig!«

»Dass ich sie als Idiotin bezeichne?«

»Nein, natürlich nicht … die Einstellung des Mädchens.«

»Stellen Sie sich vor, sie hat einen Antrag gestellt, ihr Zimmer zu wechseln.«

»Um Gottes willen … und was ist dann passiert?«

»Der Antrag wurde abgelehnt. Wahrscheinlich hatten sie Angst, wegen dieser Gehirnamputierten als Rassisten dazustehen. Aber eigentlich ist es mir gleichgültig. Hätten sie den Antrag bloß angenommen. Dann wäre ich sie wenigstens los.«

»Aldo sagte immer: ›Man geht nach London, nach Paris oder nach Florenz zum Studieren … Aber in diese Stadt wird man geschickt.‹«

»Sehr richtig bemerkt.«

»Hat man Sie etwa auch hierhergeschickt?«

»Madame Rosella, wir waren eigentlich bei Ihrer Geschichte.«

»Na gut … Wo waren wir stehen geblieben?«

»Was machte Monsieur Aldo eigentlich?«

»Er war Wissenschaftler … Endokrinologe …«

»Was?«

»Endokrinologe, Mademoiselle … der Wissenschaftszweig, der sich mit den Hormonen befasst …«

»Ein wichtiges Feld also …«

»Haben Sie schon einmal von Tadeus Reichstein gehört?«

»Nein. Ich bin schrecklich ungebildet.«

»Ganz und gar nicht … Mein Aldo forschte mit ihm zusammen an Behandlungsmöglichkeiten des Morbus Addison. Weil sie zu der Überzeugung gekommen waren, dass es das Leben der von dieser Krankheit befallenen Patienten verlängern würde, versuchten sie, Hormone aus der Nebennierenrinde zu extrahieren …«

»Madame Rosella …«

»Haben Sie das nicht begriffen?«

»Tut mir leid …«

»Keine Sorge, auch ich habe Jahre gebraucht, um es zu verstehen. Zu guter Letzt, nach jahrelangen Laborarbeiten, ist es ihnen gelungen, einige Hormone zu isolieren, und eines davon wurde Cortison genannt.«

»Ach ja? Wirklich?«

»Ja. Das berühmte Cortison haben wir ihm zu verdanken.«

»Da wäre ich an Ihrer Stelle aber sehr stolz.«

»War ich auch … Aber ihn hat das wenig berührt … Mein Aldo hatte keine übertriebenen Gefühle. Er war in jeder Hinsicht gemäßigt.«

»Ich finde, das sieht man seinem Bild an. Ein echter Wissenschaftler.«

»Ja, ganz und gar.«

»Haben Sie sich im Tennisklub kennengelernt?«

»Ich kann mich nicht genau an den Moment des Kennenlernens erinnern. Wie Sie zugeben müssen, ist er nicht jemand, der einen auf den ersten Blick in seinen Bann schlägt. Unsere Freunde müssen uns bei einer Gelegenheit miteinander bekannt gemacht haben … Mir ist Wahrhaftigkeit wichtig, liebe Pelin. Ich habe von Natur aus die Gabe, den Unterschied zwischen echt und unecht zu erkennen. Und zwischen den ganzen hohlköpfigen Muttersöhnchen und Weissmüller-Karikaturen war ich wohl sowieso schon kurz vorm Verblöden.«

»Madame Rosella, entschuldigen Sie meine Unwissenheit, aber wer ist dieser Weissmüller, den Sie jetzt schon zum zweiten Mal erwähnen?«

»Aaah, haben Sie noch nie von ihm gehört?«

»Leider nein.«

»Johnny Weissmüller war der erste Tarzan-Darsteller im Kino. Außerdem war er Olympiasieger im Schwimmen… Das Idol unserer Jugendzeit… So wie heute zum Beispiel…«

»Clooney?«

»Nein, muskulöser.«

»Tom Cruise?«

»Ach hören Sie doch auf mit dieser albernen Kreatur…«

»Brad Pitt?«

»Hmm… nein, nicht ganz.«

»Arnold?«

»Der, der jetzt Gouverneur ist?«

»Ja…«

»Vielleicht… Ja, genau. Der Schwarzenegger von damals … gut aussehend und athletisch… Mangels besserer Alternativen schwärmten alle Mädchen für ihn…«

»Aber Sie nicht.«

»Ich persönlich war immer mehr für Typen wie Brad Pitt.«

»Das hätte ich erraten können.«

»Aber Scherz beiseite, ich traf Aldo ein-, zweimal zum Frühstück und fühlte mich vollkommen wohl in seiner Gegenwart… Es war, als strahlte seine Seelenruhe auf mich ab… Wenn er bei mir war, schien alles auf der Welt an seinem einzig richtigen Platz, brauchte nichts verändert zu werden. Und überdies konnte er Rilke-Gedichte rezitieren. Selbst zu der Zeit war das etwas Besonderes. Kennen Sie Rilke?«

»*Die Einsamkeit ist wie ein Regen, sie steigt vom Meer den Abenden entgegen …*«

»Sie kennen ihn …«

»Madame Rosella, ein solches Leichtgewicht, wie Sie meinen, bin ich nicht.«

»Ich werd's mir merken.«

»Ich bitte darum.«

»Aldo trug mir jeden Morgen ein neues Gedicht vor. Und jetzt frage ich Sie: Was kann man jemandem, der einem jeden Morgen ein Gedicht von Rilke vorliest, entgegensetzen?«

»Also, wenn Sie die heutigen Mädchen meinen, die könnten zum Beispiel herzhaft gähnen.«

»Seien Sie sicher, das war auch damals nicht anders. Wahrscheinlich war das auch der Grund, warum er es genoss, Zeit mit mir zu verbringen.«

»War er auch Student?«

»Ja. Er war ein sephardischer Jude, der zum Medizinstudium aus Istanbul gekommen war … Er war sieben Jahre älter als ich. Wie ich schon sagte, er war ehrenwert, fürsorglich, immer bereit zuzuhören … An seiner Seite fühlte man sich nicht wie schmückendes Beiwerk.«

»Und dann haben Sie sich verliebt.«

»Noch etwas darüber hinaus … In der Tiefe meiner Seele fühlte ich, dass mich etwas sehr Starkes mit Aldo verband … Er war mir Vater, Sohn, bester Freund und großer Bruder … Er flößte mir jederzeit Vertrauen ein. Mit ihm war das Leben voll Gelassenheit.«

»Ich hätte ihn gern kennengelernt.«

»Ganz bestimmt hätten Sie ihn sehr gemocht.«

»Haben Sie sofort geheiratet?«

»Nun, Aldo war, wie Sie vielleicht ahnen, kein stürmischer junger Mann … Und weil ich mich davor scheute vorauszueilen, entwickelte sich unsere Beziehung behutsam und allmählich. Endlich, an einem Frühlingsmorgen, schlug er mir eine Bootsfahrt auf dem Fluss vor. Nach anderthalb Stunden, in denen er mich hin und her gerudert und von diesem und jenem gesprochen hatte, war der Arme so erschöpft, dass ich schon dachte, er wird ohnmächtig, bevor er mir den Antrag machen kann … aber er hat es dann doch geschafft … Meine Familie hatte allerdings Bedenken. Vielleicht wissen Sie davon, wir Aschkenasen und die sephardischen Juden aus Istanbul sind ziemlich weit voneinander entfernt. Keine wesentlichen Unterschiede eigentlich, aber mein Vater hatte derzeit ein, zwei Kandidaten, die er als Schwiegersohn vorgezogen hätte. Er hätte mich lieber mit einem deutschjüdischen Ingenieur verheiratet, der ihn an seine eigene Jugend erinnerte … Darum dauerte es eine Weile, bis er sich mit dem Gedanken eines Schwiegersohns aus Istanbul anfreundete. Aber natürlich war auch Aldos einnehmendes und reifes Wesen ein Faktor.«

»Also hat er Ihren Vater rumgekriegt.«

»Sie meinen, er hat ihn überzeugt?«

»Ja, ganz genau.«

»Ach Zelda, immer genau im rechten Moment bist du zur Stelle. Unser Gaumen ist schon ganz ausgetrocknet. Mademoiselle, Sie haben noch gar nicht von unserem gebrühten Tee probiert.«

»Ich mag gar keinen Tee, Madame Rosella. Er macht mich nervös.«

»Zigaretten?«

»Ja, aber nur ab und zu.«

»Keine Sorge, bei mir können Sie rauchen. Bei meinem Zustand machen ein, zwei Zigaretten, die man neben mir raucht, nun wirklich nichts mehr aus.«

»So sollten Sie nicht sprechen.«

»Da haben Sie schon recht. Es hat ja keinen Zweck, den missmutigen Kauz zu geben. Da in der Schublade müssten noch Zigaretten mit Nelkenaroma sein, *si vous voulez.*«

»Nein, danke. Eigentlich fühle ich mich sowieso schlecht, wenn ich rauche.«

»Schwindel?«

»Nein, etwas anderes. Ich kann's gar nicht erklären. Ich habe auch noch von keinem gehört, der so empfindet. Etwas verkrampft sich in mir. Ein Panik- und Schuldgefühl. Total bescheuert.«

»Vielleicht gibt es dafür eine freudsche Erklärung.«

»O nein, hören Sie mir auf mit Freud! In den letzten Jahren bin ich sowieso zur Freud-Besessenen geworden.«

»Freud … Besessen …«

»Also, ich bin von einem Psychologen zum nächsten gerannt.«

»Möchten Sie vielleicht darüber sprechen?«

»Nicht jetzt, Madame Rosella … Vielleicht ein andermal.«

»Na gut … worüber sprachen wir?«

»Wie Sie Ihren Vater überzeugten.«

»Ja, unser Hochzeitstag war wunderbar … Als ich am Morgen über den Kurfürstendamm lief, war mir, als ob ich schwebte. Selbst Aldo war aufgeregt wie ein Kind an dem Tag … Auch wenn es zwischen der Istanbuler Familie und meiner Familie ein paar kleine Meinungsverschiedenheiten gab, was die Musikauswahl betraf, war es, wie schon gesagt, ein ganz besonderer Tag. Selbst diejenigen Verwandten, die sich zu Beginn nicht besonders leiden konnten, waren am Hochzeitsabend friedlich vereint. Kurz gesagt, wir waren glücklich und glaubten, wir würden es ewig bleiben.«

»Aber Sie sind es nicht geblieben?«

»Leider … Es war uns nicht vergönnt.«

»Was ist denn passiert?«

»Im Leben beruht alles auf Gegenseitigkeit, kleines Fräulein …«

»Das heißt?«

»Bevor Sie die Fortsetzung hören, müssen erst einmal Sie etwas erzählen. So einseitige Unterhaltungen gelten nicht.«

»…?«

»Ja, ich höre.«

»Wollen Sie mich in die Ecke drängen?«

»Nein, aber Sie sollten wirklich ein wenig von sich erzählen. Sonst denke ich noch, ich bin eine von diesen verrückten Alten.«

»Ich mag nicht über mich sprechen, Madame Rosella.«

»So, und warum nicht?«

»Außerdem gibt's da gar nichts zu erzählen ...«

»Jeder hat eine Geschichte, liebe Pelin ... Aber da ich Zelda schon mit meinen Medikamenten in der Tür warten sehe, nehme ich an, es ist spät geworden. Am besten, Sie überlegen es sich. Mein Vorschlag ist ganz klar: Wenn Sie beim nächsten Mal mit Ihrer eigenen Welt in der Tasche herkommen, kriegen Sie die Fortsetzung der Geschichte.«

»Sie sind ja eine richtige Händlerin, Madame Rosella.«

»Ich bin nicht umsonst Jüdin, liebe Pelin.«

»Also dann, bleiben Sie gesund und munter ...«

»Au revoir!«

5

»So, kleines Fräulein, ich höre.«

»Sie geben wohl nie auf?«

»Wir hatten doch einen Vertrag geschlossen.«

»Aber nicht schriftlich.«

»Für einen Juden ist Vertrauen alles. Wer sein Wort gibt, der hält es auch. Und Sie haben mir Ihr Wort gegeben.«

»Was soll ich denn tun?«

»Mir etwas von Ihnen erzählen.«

»Ich bin nicht gewohnt, von mir zu erzählen.«

»Dann helfe ich Ihnen eben. Mögen Sie Männer?«

»Äääähh … das kommt jetzt ein bisschen plötzlich.«

»Mögen Sie Männer etwa nicht?«

»Madame Rosella, sind das nicht sehr private Fragen?«

»Sie wollen doch hören, wie meine Geschichte weitergeht, oder?«

»Um die Wahrheit zu sagen, ja.«

»Also erzählen Sie. Von sich. Sie sind viel zu schön, um allein zu bleiben. Haben Sie zum Beispiel einen Freund?«

»…«

»Also keinen?«

»Das kann man so nicht sagen.«

»Aha?«

»An der Uni gibt es so einen Griechen.«

»Sieht er gut aus?«

»Ja … na ja, ziemlich.«

»Läuft da etwas zwischen Ihnen?«

»Manchmal sagen Sie solche Sachen, dass kein Mensch glaubt, dass Sie sechzig Jahre nicht in Istanbul waren.«

»Mademoiselle, es gibt etwas, das nennt man Fernsehen … Dank Satellit bekomme ich problemlos die türkischen Programme. Da schaue ich ab und zu rein. Besonders die Filme. Aber nach einer Stunde tut mir der Kopf weh.«

»Wozu brauchen Sie dann mich?«

»Das Fernsehen spricht nicht mit mir. Aber Sie können sprechen … Ja, wir sprachen über den jungen Griechen. Und, läuft etwas?«

»Das ist noch nicht klar …«

»Also interessiert er sich für Sie? Wie heißt er überhaupt?«

»Dimitri.«

»Ist er auch Student?«

»Ja … er ist der Sohn eines griechischen Reeders.«

»Das heißt, er sieht gut aus und ist auch noch reich. Was unternehmen Sie denn zusammen?«

»Wir haben noch gar nicht angefangen, etwas miteinander zu unternehmen, Madame Rosella … Wir lernen uns gerade kennen.«

»*Bon* … und was ist mit den anderen?«

»Was für andere?«

»Also, wenn der gut aussehende Kronprinz einer griechischen Reederei hinter Ihnen her ist und Sie immer noch zögern, dann kann das nur heißen, dass es noch andere Kandidaten gibt.«

»Du meine Güte ...«

»Etwa nicht?«

»Na gut ... ja, es gibt noch andere.«

»Dann heraus mit der Sprache. Soll ich vor Neugier platzen?«

»Also, es gibt noch einen Russen.«

»Ein Russe? Wie romantisch! Wie heißt er?«

»Iwan.«

»Hm, ein Name, den ich gar nicht leiden kann ... Aber Russen lieben Frauen vom Mittelmeer. Ganz besonders so hübsche wie Sie ...«

»Ach, Sie und Ihre Komplimente ...«

»Dann erzählen Sie mir mal von Iwan ... Wie sieht er denn aus? Körperbau, Gesichtszüge?«

»Er ist blond und groß ... ein echter Slawe eben.«

»Und wie macht er Ihnen den Hof?«

»Sie meinen, wie er mich angräbt?«

»Sagt man das heute so?«

»Ja.«

»Also, wie gräbt er Sie an?«

»Er hatte mir vorgeschlagen, das Wochenende in einem Hotel am See zu verbringen.«

»Was? Ein echter Russe ... Mutig und entschlossen. Haben Sie angenommen?«

»Nein, natürlich nicht ...«

»Uff … ich hatte schon einen Moment befürchtet … Mademoiselle, bitte passen Sie bei solchen Angeboten auf … Wenn schon sein erster Vorschlag so kühn ist, dann kann das nur zwei Dinge bedeuten. Entweder er sieht Sie als ein gewöhnliches Abenteuer, oder er kommt in Zukunft noch mit ganz anderen Vorschlägen.«

»Was denn für Vorschläge?«

»Das überlasse ich Ihrer Fantasie.«

»Weil er Russe ist?«

»Nein, weil er ein Mann ist.«

»Sie sind mir vielleicht eine, Madame Rosella …«

»Lachen Sie nicht … hier spricht Erfahrung …«

»Sie haben meinen vollen Respekt.«

»Sagen Sie mir die Wahrheit … waren Sie etwa doch in dem Hotel?«

»Ich habe doch schon gesagt, dass ich abgelehnt habe. Sowieso kann ich mich in dieser Stadt nicht so frei bewegen, wie Sie sich das vorstellen.«

»Warum denn nicht?«

»Weil ich beobachtet werde.«

»Mein Gott, noch ein Mann?«

»Nein … das heißt, doch, aber er beobachtet mich nicht, weil ich ihm gefalle, sondern im Auftrag meines Vaters.«

»Im Ernst?«

»Ja … mein Vater besitzt einige Hotels in der Türkei … seine Verbindungen im Tourismussektor reichen bis hierher. Ich glaube, er hat hier einen Freund darum gebeten, mich beschatten zu lassen. So ein Kerl heftet sich mir an die Fersen, sobald ich die Uni verlasse, und lässt erst von mir ab, wenn ich im Studentenwohnheim verschwinde.«

»Sind Sie sicher?«

»Ja. Mein Vater hat's mir selbst gesagt. Angeblich, um jederzeit eingreifen zu können. Das kann er meiner Großmutter erzählen. Er denkt wohl, dass ich so blöd bin, nicht zu begreifen, dass er mich per Fernbedienung kontrollieren will.«

»Ausgesprochen unangenehm …«

»Sie sagen es …«

»Und Ihre Mutter?«

»Ich habe keine Mutter.«

»Nicht doch …«

»Nein, sie ist nicht tot, keine Angst. Aber als ich zwei war, hat sie sich in jemand anderen verliebt und uns verlassen.«

»Das tut mir leid.«

»Das braucht Ihnen nicht leidzutun. Mir tut's schon lange nicht mehr leid. Und mein Vater hat sich diese Methode einfallen lassen, damit sein einzig Töchterlein in der Fremde nicht von den Wölfen gefressen wird.«

»Moment mal … Als Sie hierherkamen, hat er Sie da verfolgt?«

»Ja natürlich …«

»*Mon dieu!* Wo ist er denn jetzt?«

»Was weiß ich … Ach, da drüben … Er steht da unterm Baum.«

»Lassen Sie mich sehen … Der große Dünne da?«

»Genau der.«

»Aber es regnet.«

»Na und?«

»Der Arme wird ganz nass.«

»Wenn er dort im Regen warten kann, bekommt er bestimmt ein gutes Honorar.«

»Sollen wir Zelda Bescheid sagen, dass sie dem Ärmsten ein wenig Tee bringt?«

»Bloß nicht …«

»Aber schauen Sie doch, er ist ganz nass.«

»Was geht uns das an, Madame Rosella? Wer solche Aufträge annimmt, der muss sie auch ausbaden.«

»Sie sind erbarmungslos.«

»Fragen Sie lieber, wie das für mich ist.«

»Na ja, vielleicht haben Sie recht … Womöglich wird er dann noch unser Haus stürmen. Oh, mir wird schon ganz anders.«

»Keine Sorge, ich glaube nicht, dass er gefährlich ist.«

»Sind Sie sicher?«

»Ziemlich sicher.«

»Na, da haben Sie mich aber beruhigt, mein Fräulein …«

»Oder wollen Sie mich rauswerfen?«

»Nicht im Entferntesten! Wo waren wir stehen geblieben?«

»Ich weiß es auch nicht mehr …«

»Ach ja, der Russe … Iwan … Hat er noch einen Annäherungsversuch gemacht?«

»Bis jetzt nicht.«

»Und der andere?«

»Der Deutsche?«

»Was? Es gibt auch noch einen Deutschen?«

»Aber der hat noch nichts unternommen … Er ist Lehrbeauftragter … Dozent. Nicht so gut aussehend wie die anderen, aber dafür weiß er dank seines reiferen Alters besser, wie man dem Geist einer Frau schmeichelt.«

»Was macht er denn?«

»Er schreibt mir lange Briefe mit einer Schrift, die aussieht wie aneinandergereihte Perlen.«

»Spricht er darin von seiner Liebe?«

»Nicht im eigentlichen Sinne … Es sind eher Versuche über das Leben und die Liebe im Allgemeinen.«

»Ein gescheiter Kopf …«

»Wohl eher ein Hohlkopf.«

»Wieso hohl?«

»Na ja … hohle Worte eben …«

»Und was antworten Sie ihm?«

»Ich lese seine Briefe, mache Anmerkungen dazu und schicke sie ihm zurück, als wäre ich Literaturkritikerin.«

»Ganz schön perfide.«

»Überhaupt nicht … Er hat das Spiel begonnen. Ich mache nur mit …«

»Und was machen Sie jetzt? Wollen Sie alle drei in Schach halten?«

»Madame Rosella, Sie sind ja richtig aufgeregt.«

»Nun ja, ein wenig …«

»Wenn das so ist, dann müssen Sie jetzt etwas von

sich erzählen ... Natürlich nur, wenn Sie wollen, dass ich Ihnen weitererzähle.«

»Ist das jetzt die Revanche?«

»So etwa.«

»Und wenn ich mich nicht darauf einlasse?«

»Dann kommen wir beide um die Fortsetzung der Geschichte. Dann gewinnt nur die Stille.«

»Dann gewinnt nur die Stille ... Kleines Fräulein, dieser Satz gefällt mir sehr. Lassen Sie uns den notieren. Ja, eigentlich könnten wir den heutigen Tag mit diesem Satz beschließen.«

6

»Willkommen, liebe Pelin … Ich sehe, Ihr blitzschneller Verfolger ist schon auf seinem Posten …«

»Ja, den Platz unterm Baum scheint er besonders zu mögen … Wissen Sie was, ich habe endlich erfahren, wer er ist …«

»Ach wirklich! Wer ist er denn?«

»Sag ich nicht. Erst sind Sie dran.«

»Aber …«

»Ja, ich höre.«

»Sie können es doch eben schnell sagen, oder?«

»Die Regeln haben Sie aufgestellt, Madame Rosella.«

»Na gut … Wo waren wir stehen geblieben?«

»Ihre ersten Ehejahre …«

»Unsere ersten Jahre …«

»Ja, Ihre ersten Jahre …«

»Für uns persönlich waren sie gefüllt mit Glück … Aldo arbeitete als Assistent an der Universität, und ich kümmerte mich um unsere Tochter Tanya, die ein Jahr nach unserer Hochzeit geboren wurde. Sie war ein hübsches, fröhliches und gesundes Mädchen, unsere Tanya … Obwohl zwei Monate zu früh geboren, stürzte sie sich mit wahrem Appetit auf meine Brüste und auf das Leben.

Mein Vater, der Aldo in sein Herz geschlossen hatte, unterstützte uns ab und zu finanziell … Stellen Sie es sich so vor, dass wir nahe an dem Bild vom Glück waren, das der Dichter Nâzim Hikmet einst von dem Künstler Abidin Dino erbat. Aber dunkle Schicksalswolken hatten sich schon über unserem Nest zusammengebraut …«

»Das muss Adolf Hitler gewesen sein.«

»Ja. Interessieren Sie sich für Geschichte?«

»Eigentlich nicht besonders. Aber als Sie nicht weitererzählten, war es so spannend, dass ich nicht abwarten konnte und auf Google nachgeforscht habe, was wohl passiert sein könnte. Ich wusste, dass Sie Jüdin sind, und kannte den Zeitraum, da war es nicht so schwer herauszufinden, was Ihr Glück getrübt haben könnte.«

»Dann haben Sie vielleicht von der Kristallnacht gehört.«

»Nein.«

»Wollen Sie davon hören?«

»Auf jeden Fall.«

»Dann schließen Sie jetzt die Augen.«

»Wieso?«

»Keine Fragen. Augen zu, habe ich gesagt.«

»Okay.«

»Haben Sie sie fest zugemacht?«

»Ja.«

»Stellen Sie sich zunächst einen Glasschrank vor … ein großes Schaufenster oder die Fassade eines Gewächshauses …«

»Hmm …«

»Sehen Sie es vor sich?«

»Ja.«

»Und jetzt zerbirst die Glasfassade plötzlich!«

»Waaas?«

»Ein Knall! Alles geht zu Bruch! Tausende von Scherben … mit einem riesigen Scheppern … Können Sie es sich vorstellen?«

»Ja …«

»Und jetzt stellen Sie sich Tausende Schaufenster vor … Sehen Sie es?«

»Tausende …«

»Die alle von Ziegelsteinen zerschmettert werden … In der nächtlichen Dunkelheit eine vor Wut schäumende Menge, die Gebäude und Geschäfte anzündet …«

»Wie im Film.«

»Ja … eine unbeschreibliche Katastrophe, ohrenbetäubende Schreie, verbrannte Häuser, Geschäfte und Hoffnungen … unheilvoller Rauch, der zum Himmel aufsteigt … und ich versichere Ihnen, das war kein Film.«

»Haben die Nazis das getan?«

»Kaufhäuser, Synagogen und Schulen brennen und stürzen ein … Diese kalte Novembernacht ist so voller Glasscherben, dass die Gassen im Mondlicht wie Kristall glänzen. Ein Anblick, der einem die Luft zum Atmen nimmt … Darum wird dieser dunkle Moment Kristallnacht genannt … Ab diesem Zeitpunkt ist kein Jude in Deutschland mehr seines Lebens sicher.«

»Und darum sind Sie nach Istanbul gekommen?«

»Eigentlich war es die Idee meines Vaters … Denn

die Naziregierung machte die Juden für das Geschehene verantwortlich und forderte von ihnen unter dem Vorwand der Entschädigung Wuchersteuern. Wer sie nicht zahlen konnte, wurde in Konzentrationslager geschickt. Mein Vater bestand darauf, dass wir zu Aldos Verwandten nach Istanbul gehen sollten, bevor die Situation vollkommen außer Kontrolle geriet. Er dachte vor allem an die Sicherheit seiner Enkelin. Aldo und er hatten alles geplant. Anfang März sollte ich mit meiner Tochter den Zug nach Istanbul nehmen. Aldo wollte nachkommen, nachdem er an einer Konferenz an der Universität, deren Studentin Sie jetzt sind, teilgenommen hatte.«

»Was für eine Konferenz? Hätte er da nicht drauf verzichten können?«

»Kleines Fräulein, wenn Sie Aldo gekannt hätten, hätte Sie das nicht gewundert … Er liebte zuallererst seinen Beruf, dann mich … Das habe ich nie kritisiert … Er hatte mich nämlich von Anfang an spüren lassen, dass seine Arbeit vorgeht … So habe ich ihn akzeptiert. Er scherte sich nicht um die Nazis, nicht einmal alle Teufel der Hölle hätten ihn davon abhalten können, an der Konferenz teilzunehmen …«

»Ich verstehe.«

»Außerdem hatte er seine Pflicht getan … Die Fahrkarten waren gekauft, die Plätze bestellt, in Istanbul war alles vorbereitet … Nach der Konferenz wollte er zu uns nach Istanbul kommen. Mithilfe von Sami Günzberg, einem Freund der Familie, der im Übrigen auch der Zahnarzt von Atatürk war, und unter Verwendung der letzten Ersparnisse hatten sie alles arrangiert. Mein Vater war schon finanziell am Ende wegen der Steuern. Als Aldo und ich uns am Bahnhof in Berlin voneinander verabschiedeten, gingen wir davon aus, dass wir zwei Wochen später gemeinsam auf die Lichter des Bosporus schauen würden.«

»So weit, so gut …«

»Aldo hatte mir erzählt, dass er seit Längerem in Kontakt mit Istanbuler Universitäten stand und dass man bereit war, ihn als akademischen Mitarbeiter anzunehmen. Die türkischen Universitäten öffneten damals ihre Tore für jüdische Forscher, ganz besonders in den Naturwissenschaften.«

»Und hat alles geklappt?«

»Nicht ganz … Eine Woche nach unserer Ankunft in Istanbul marschierten deutsche Truppen schon gegen die Tschechoslowakei. Wenig später folgte Hitlers Angriff auf Polen. Die Transportwege zwischen hier und Istanbul waren mit einem Mal völlig unsicher.«

»Und wie kam Monsieur Aldo dann nach Istanbul?«

»Das ist es ja eben … Er konnte nicht kommen.«

»Und wie haben Sie sich getroffen?«

»Wir haben uns nicht getroffen.«

»Aber der Krieg hat fünf Jahre gedauert.«

»Ja.«

»Das darf nicht wahr sein, Madame Rosella …«

»Aber es ist wahr, Mademoiselle, leider … Bis zum Ende des Krieges haben Aldo und ich uns nicht mehr gesehen.«

7

»Madame Rosella, heute will ich Sie etwas fragen.«

»Ich will Sie auch etwas fragen.«

»Dann fragen Sie zuerst.«

»Nein, erst Sie.«

»Na gut. Entschuldigen Sie meine Neugier, aber was ist aus Ihren Eltern geworden, nachdem Sie nach Istanbul gegangen sind?«

»Was könnte mit ihnen passiert sein?«

»Ich fürchte mich davor, Vermutungen anzustellen.«

»Haben Sie noch nie Filme über den Zweiten Weltkrieg gesehen? Besonders solche, die von Konzentrationslagern handeln?«

»Ach Madame Rosella, das tut mir so leid.«

»Was passiert ist, ist passiert, die Toten kann man nicht zurückholen. Sprechen wir nicht mehr darüber. Darf ich jetzt meine Frage stellen?«

»Bitte …«

»Ihr Vater besitzt doch einige Hotels, oder?«

»Ja.«

»Also ist Ihre Familie ziemlich wohlhabend.«

»Ja, eher reich …«

»Wenn das so ist?«

»Wie, wenn das so ist?«

»Dann müssten Sie doch genug Geld haben. Warum nehmen Sie die Mühe auf sich, sich das Geschwätz einer alten Frau anzuhören?«

»Eine gute Frage.«

»Sie sprechen genau wie die Politiker. Sobald ein Politiker ›eine gute Frage‹ sagt, meint er eigentlich ›verdammt noch mal, gab es denn nichts anderes zu fragen?‹«

»Hahaha …«

»Wie hübsch Sie lachen.«

»Danke.«

»Und wie hübsch Sie rot werden. Das bringt die Männer um den Verstand.«

»Madame Rosella, ich bitte Sie.«

»Und Ihre Antwort?«

»Erstens, mich hier mit Ihnen zu unterhalten, bedeutet für mich keine Mühe. Bitte glauben Sie mir das. Na ja, am Anfang habe ich das vielleicht so gesehen, aber jetzt erwarte ich ungeduldig jedes Treffen.«

»Das freut mich zu hören.«

»Zweitens, das Verhältnis zu meinem Vater ist nicht so besonders. Nachdem meine Mutter uns verlassen hatte, hat er es mit zahllosen Frauen versucht. Mit einigen hat er sich auch verlobt. Aber keine dieser Frauen konnte sich mit mir anfreunden.«

»Und warum nicht?«

»Eigentlich kann ich ihnen keinen Vorwurf machen. Um mich bei ihnen an meiner Mutter zu rächen, war ich das ekelhafteste Kind, das man sich vorstellen kann.

Und das hat auch das Leben meines Vaters beeinflusst. Die armen Frauen konnten nur mit Mühe verbergen, wie unerträglich sie mich fanden. Einerseits das Vermögen meines Vaters, andererseits seine unausstehliche Tochter, also ich … Sie können sich nicht vorstellen, was ich alles unternommen habe, um diesen Frauen das Leben zur Hölle zu machen.«

»Was denn zum Beispiel?«

»Zunächst habe ich nur kleine Ausfälle gemimt. Als ich merkte, dass es funktioniert, habe ich es immer mehr übertrieben. Wutausbrüche bei gemeinsamen Restaurantbesuchen, Krisen auf Reisen mit Einschließen im Zimmer … Hin und wieder habe ich sogar ein paar Selbstmordszenen eingebaut.«

»Das hätte ich zu gern gesehen.«

»Ganz sicher nicht.«

»Wie inszenierten Sie denn Ihren Selbstmord?«

»Die klassische Methode war Tablettenschlucken. Irgendwann wusste ich blind die Dosis, die ich nehmen musste, damit man mir im Krankenhaus den Magen auspumpt. Nach einer Weile waren die Frauen mit ihren Nerven so am Ende, dass auch die Beziehung zu meinem Vater zu kriseln begann. Da sie ständig angespannt und nervös waren, mochte mein Vater sie auch nicht mehr. Wenn ich sie erst mal so weit hatte, verhielt ich mich still und schaute mir den Niedergang an, als sei gar nicht ich es gewesen, die alles ausgelöst hatte.«

»Sind Sie mir böse, wenn ich über alles, was Sie mir da erzählt haben, herzhaft lache?«

»Nein, warum auch? Ich finde es ja inzwischen selbst zum Lachen. Für meinen Vater war das allerdings weniger lustig…«

»Hat er dieses Thema Ihnen gegenüber nie direkt angesprochen?«

»Er hat es schon ein paarmal versucht, mit mir so wie die verständnisvollen Väter aus den amerikanischen Fernsehserien zu reden. Aber ich wusste, was ich wollte, und habe keinen Schritt zurück getan.«

»Und…«

»Und schlussendlich bin ich hier gelandet.«

»Also, Sie wurden hierhergeschickt.«

»Genau… So wie Monsieur Aldo es ausgedrückt hat. Mein Vater hat gerade eine Beziehung, die ihm sehr viel bedeutet. Bei Gott, die Frau ist wirklich schön. Ein ehemaliges Model. Pechschwarze wellige Haare, lange Beine, Pfennigabsätze… wie ein edles Rennpferd.«

»Also er hat sich verliebt.«

»Das ist gar kein Ausdruck! Er ist einfach verrückt nach ihr. Und weil er Angst hat, dass ich ihm wieder alles vermasseln könnte, hat er diese Lösung gefunden. Er hat sogar schon meinen Platz als Lehrbeauftragte organisiert, sobald ich mein Abschlussdiplom habe.«

»Sind Sie Ihrem Vater böse?«

»Ich weiß es gar nicht… Früher war ich ihm böse. Mein Herz war voll Wut. Wenn ich ihn in Boulevardblättern auf Fotos Arm in Arm mit irgendwelchen Sternchen sah, hätte ich mich am liebsten vom Galataturm gestürzt.«

»Aaah, der Galataturm.«

»Ehrlich gesagt, war ich noch nie dort, aber es muss hübsch sein.«

»Ja, Mademoiselle, er ist schön. Selbst die Vorstellung, sich von dort hinunterzustürzen, ist noch schön.«

»Wirklich? Haben Sie etwa auch daran gedacht?«

»Aldos Familie wohnte direkt am Turm, Kuledibi, in der Büyük Hendek Gasse … Wenn ich nachts aus dem Fenster meines Zimmers auf den Turm schaute, dann kamen mir manchmal so dumme Gedanken.«

»Aber Sie haben es dann nicht gemacht.«

»Ja … So mutig bin ich nie gewesen. Also sind wir beide erfolglose *Hezarfen Çelebi*[1].«

»Richtig … uns fehlen die Flügel.«

»Jetzt fahren Sie nur selten nach Istanbul …«

»Alle paar Monate … und dann bleibe ich in der Regel bei Freunden. Meist bekommt mein Vater es gar nicht mit, wenn ich komme.«

»Und Sie können ihn nicht um Geld bitten.«

»Besser gesagt, ich will ihn nicht bitten. Manchmal muss ich es, oder ich bekomme einen Kaufrausch und kann mich nicht zurückhalten. Aber jedes Mal fühle ich mich schlecht, als hätte ich meine Seele verkauft. Mein Vater will aber auf keinen Fall, dass ich hier etwas arbeite. Als der Spion, den er mir auf die Fersen geheftet

---

1 Der Luftfahrtpionier Hezarfen Ahmed Çelebi soll 1638 die drei Kilometer lange Strecke vom Galataturm über den Bosporus mit selbst gebauten Flügeln überwunden haben.

hat, ihm berichtete, dass ich Lokalzeitungen verkaufe, gab es einen Riesenstreit. Seitdem herrscht Funkstille zwischen uns.«

»Wann war das denn?«

»An dem Tag, als wir uns kennengelernt haben.«

»Und warum will er nicht, dass Sie arbeiten?«

»Wahrscheinlich, weil er trotz allem ein großes Herz hat. Ich denke, er hat Gewissensbisse. In einer Ecke seines Herzens weiß er, dass er aus Eigennützigkeit seine Tochter in diese ferne, ungastliche Stadt geschickt hat, und fühlt sich schuldig deswegen. Aus diesem Grund versucht er, mir jeden Wunsch zu erfüllen. Aber ich will jetzt Geld verdienen und so auch das letzte Band zwischen uns zerreißen.«

»…«

»…«

»…«

»Madame Rosella, entschuldigen Sie …«

»Das macht nichts, macht überhaupt nichts.«

»Sie können sich nicht vorstellen, wie sehr ich mich verachte, wenn ich einfach so losheule.«

»Weinen Sie ruhig, mein schönes Kind. In diesem Haus dürfen Sie so viel weinen, wie Sie möchten. Das gehört auch zum Leben …«

»Darf ich diese Taschentücher benutzen?«

»Natürlich … Zelda!«

»Mein Gott … ich schäme mich so, wie lächerlich von mir.«

»Ich bitte Sie. *Kasmayın kendinizi.*«

»Hahaha … Sie sind einfach super, Madame Rosella. Das Timing war unübertrefflich …«

»Was Sie nicht sagen. Zelda! Ach Zelda, würdest du dem kleinen Fräulein ein Gläschen von unserem Pfefferminzlikör bringen? Und mir natürlich auch.«

»Kann Zelda Türkisch?«

»Da sie nicht spricht, bin ich mir nicht ganz sicher … Vielleicht versteht sie es gar nicht und entnimmt nur aus meiner Mimik und dem Ton meiner Stimme, was ich sagen will. Da ich mit meinem lieben Aldo in der Regel türkisch sprach, musste sie wohl oder übel ein wenig davon lernen, die Arme.«

»Das ist ihr sicher schwergefallen.«

»Da haben Sie recht, kleines Fräulein. Für eine deutsche Jüdin ist Türkisch lernen wirklich keine leichte Angelegenheit.«

»Wie haben Sie es denn gelernt?«

»Ich musste einfach. Ich befand mich in Istanbul mit der ganzen sephardischen Familie, von denen so gut wie niemand Deutsch sprach. Eigentlich konnten alle Französisch, aber mein Ehrgeiz hatte mich gepackt, und ich wollte das Türkisch, das Aldo mir beigebracht hatte, voranbringen. Etwas anderes gab es sowieso nicht zu tun. Ich wurde mit der Zeit zu einer Romane lesenden Schleiereule, die zu Hause sitzt, Frontnachrichten hört und auf Briefe von ihrem Ehemann wartet. Mein Zeitvertreib war es, stundenlang Türkisch zu lernen und mit meinen Schwägerinnen und meiner Schwiegermutter französische Konversation zu treiben.«

»Mochten Sie sie?«

»Es waren allesamt gute Menschen. Zunächst fanden sie mich wohl ein wenig eingebildet. Das sagten sie natürlich nicht offen, aber ich merkte an ihren Gesichtern, dass sie in meiner Gegenwart nicht unbefangen waren. Wenn man in ein neues Land kommt, noch dazu mit leicht abwehrender Haltung, dann sind die Antennen ausgefahren und nehmen jedes kleinste Zittern wahr.«

»Ach, das kenne ich.«

»Einige Zeit nach unserer Ankunft zog die Familie um ins Sommerdomizil auf die Insel Büyükada… Ich erinnere mich noch, wie mir die Pinien gefallen haben, als ich sie zum ersten Mal von der Fähre aus sah. Dort wartete ein Haus aus Holz mit Schiebefenstern und nach Jasmin duftenden Zimmern auf mich… eine Straße, auf der Kutschen fuhren, Weinreben, die bis zur gegenüberliegenden Straßenseite rankten, Außentreppen, von denen Hortensien und Hyazinthen herabhingen…«

»Wie schön…«

»Ein kleiner und ein großer Salon, das Esszimmer und die Küche… Auf den Holzdielen ausgebreitete Teppiche, an die Wände gelehnte Holzbänke, Kissen in weißen Bezügen. Ich erinnere mich, als sei es gestern gewesen…«

»Madame Rosella, wie wunderbar Sie das beschreiben…«

»Und dann das Geschrei der fliegenden Händler… Die süßen Melonen, der Kashkaval-Käse und die parfümierten Kürbisse… die von meiner Schwiegermutter Rebekka zubereiteten Rosen-Pasteten und ihre *boyikos*…«

»Was ist das denn?«

»*Boyiko?*«

»Ja.«

»Eine Art Käsegebäck. Es wird mit Paprika und Zucker gewürzt.«

»Super.«

»Wenn Sie möchten, macht Zelda uns nächste Woche welche.«

»Ich glaube, da sage ich nicht Nein.«

»Das sollten Sie auch nicht … Ich sehe, dass Sie keine Diät nötig haben. Eigentlich würden Ihnen ein paar Gramm mehr sogar ganz guttun.«

»Nun ja …«

»Kurz gesagt, als eine junge Frau aus dem Norden fühlte ich mich als Außenseiterin zwischen den ganzen Südländern. Andererseits war mir auch klar, dass sie mich heimlich bewunderten. Sie beschrieben mich als ›*blako komo la nyeve*‹.«

»Und was heißt das?«

»Weiß wie Schnee.«

»Wow …«

»Meine damaligen blonden Haare, die blauen Augen und meine blasse Haut schlugen Männer wie Frauen in ihren Bann. Sie waren sogar neidisch auf Aldo.«

»Das kann man ihnen nicht verdenken.«

»Ah, da ist ja unser Pfefferminzlikör. Ich bin sicher, so etwas haben Sie noch nie probiert.«

»Sie haben recht … Danke, Zelda.«

»In jenen Jahren war die Situation der Juden in der

Türkei auch nicht rosig. Sie fielen zwar nicht den Nazis in die Hände, aber waren sich doch bewusst, dass eine unheilvolle Schlinge sich immer enger zusammenzog. Das Wort ›Jude‹ war vielleicht kein Schimpfwort wie in Deutschland, weckte aber doch negative Gefühle.«

»Warum denn?«

»Das hatte verschiedene Gründe … Der erste war die Annahme, dass alle Juden reich sind … Es war allgemeiner Konsens, dass die Juden, die keinen Militärdienst leisteten und nicht unter den Bedingungen des Waffenstillstands zu leiden hatten, sich durch Handel bereichert hatten, während die Söhne des Vaterlands an der Front fielen. Die Juden selbst fühlten sich mehr mit dem Okzident verbunden. Wie Gäste im eigenen Land. Weil ihr Gemeindeleben nach außen hin völlig abgeschlossen war und sie auf der Fähre zur Insel immer französisch untereinander sprachen, schürte das ungewollt bei den Muslimen die …«

»Was schürte das?«

»Mir fällt das Wort nicht ein.«

»Feindschaft?«

»Nein, so stark auch wieder nicht.«

»Ressentiments?«

»*Non* …«

»Vorurteile?«

»Ja, genau, Präjudizien … aber was soll's, das sind alles unangenehme Geschichten.«

»Ich glaube, ich bin total ungebildet.«

»Nein, Sie sind nur sehr jung.«

»Erzählen Sie bitte weiter.«

»Ich fürchte, ich werde Sie langweilen.«

»Und was wäre daran schlimm?«

»Ach, nichts …«

»Wie, nichts?«

»Vielleicht kämen Sie dann nicht noch einmal her, um mich zu treffen.«

»Und?«

»Dann kommen Sie nicht mehr.«

»…«

»Und ich bleibe ganz allein.«

»Nicht doch, Madame Rosella …«

»Sehen Sie, Sie sind nicht die Einzige, die nah am Wasser gebaut ist.«

»Ihre Hand ist ganz kalt … Frieren Sie?«

»Ein wenig … Ich glaube, ich bin auch etwas müde … Ist es Ihnen recht, wenn wir für heute aufhören?«

»Ich bitte Sie. Kann ich denn noch ein wenig bleiben? Wir brauchen ja nicht zu reden.«

»Aber natürlich, so lange Sie wollen. Wir können auch zusammen Musik hören. Was für Musik mögen Sie denn?«

»Ich sag's lieber gar nicht.«

»Also, eine Platte von Placebo habe ich leider nicht …«

»Ah, haben Sie das von meinem T-Shirt?«

»Ja, wirklich eine schöne Frau.«

»Hahaha …«

»Was ist denn?«

»Madame Rosella, das ist keine Frau. Das ist der Sänger der Gruppe. Brian Molko.«

»Sehen Sie, jetzt bin ich die greise Idiotin!«

»Soll ich Ihnen mal was sagen: Das wirklich supertolle Lächeln haben Sie!«

»Danke. Aber frieren Sie bloß nicht in diesem T-Shirt.«

»Nein, Ihr Haus ist schön warm.«

»Aimez-vous Brahms?«

»Leider bin ich auch auf diesem Gebiet ungebildet.«

»Dann habe ich jetzt die Ehre, Sie mit Brahms bekannt zu machen. Ich hoffe, ich finde die Schallplatten. Welche Schublade war es noch …«

»Und ich stelle Ihnen demnächst Placebo und Şebnem Ferah vor.«

»Da bin ich aber neugierig … Aaach, mein Rücken tut mir weh, wenn ich mich so hinunterbeuge!«

»Soll ich Ihnen helfen?«

»Nicht nötig, ich habe sie schon gefunden … Übrigens, Sie wollten mir doch erzählen, wer es ist, der da hinter Ihnen herspioniert.«

»Ach ja, den Ärmsten hätte ich fast verschwitzt.«

»Verschwitzt?«

»Na ja, im Gespräch mit Ihnen vergessen.«

»Ich seh mal nach … Schauen Sie doch bloß, wie er da auf der Mauer sitzt und im Regen vor Kälte zittert.«

»Er ist Konditor.«

»Konditor?«

»Ja … er arbeitet in der Konditorei des Hôtel de la Paix.«

»Woher wissen Sie das denn?«

»Als ich letzte Woche am Nachmittag ins Wohnheim

zurückkehrte, war er mir wieder auf den Fersen. Ich habe so getan, als würde ich ins Gebäude hineingehen, habe mich aber nur hinter einer Ecke versteckt. Dann bin ich ihm gefolgt.«

»Im Ernst? Vor Ihnen muss man sich ja fürchten.«

»Soll ich mal was sagen? Wenn ich wollte, wäre ich ein tausendmal besserer Spion als dieser Hohlkopf. Bis er zu seinem Hotel kam, hat er nicht ein einziges Mal Verdacht geschöpft. Dann ist er rein in die Konditorei, hat einen weißen Kittel angezogen und ist gleich hinter den Tresen. Ich habe mir meine Kapuze über den Kopf gezogen und bin hinterher. Aus der Unterhaltung mit seinem Chef habe ich erfahren, was er dort macht und wie er heißt.«

»Und wie heißt er?«

»Sarkis. Konditor Sarkis. Total witzig, oder?«

»Und dann? Hat er Sie gar nicht gesehen?«

»Ich habe die Kapuze vom Kopf gezogen, mich vor ihm aufgebaut und zwei Croissants verlangt. Schade, dass ich Ihnen kein Foto zeigen kann von dem Gesicht, das der Dummkopf da gemacht hat. Er wusste gar nicht mehr, wohin mit seinen Händen und Füßen. Dann habe ich meine Croissants genommen und bin in Siegerpose zurück in mein Zimmer.«

»Kleines Fräulein, gut, dass Sie diese Episode bis zum Schluss aufgehoben haben. So hat der Tag noch einen lustigen Abschluss bekommen.«

»Ja, nicht wahr?«

8

»Mademoiselle, ich habe Sie vermisst.«

»Bitte entschuldigen Sie mich für letzte Woche. Mich hat's wirklich schwer erwischt. Und alles bloß wegen diesem Idioten von Sarkis.«

»Warum denn?«

»Nach unserem letzten Treffen war er auf dem Weg zum Wohnheim doch wieder hinter mir her, Sie erinnern sich. Ich wollte ihm eins auswischen und bin in die Seitenstraßen, um ihn abzuschütteln. Aber wie ich so mal rechts, mal links abbog, habe ich mich selbst verlaufen. Inzwischen hatte der Regen wieder angefangen. Bis ich in mein Zimmer kam, war ich klatschnass geworden. Ich legte mich sofort ins Bett, aber da war es schon um mich geschehen. Übrigens, Sie haben mich beschämt, Madame Rosella, aber trotzdem vielen Dank.«

»Gern geschehen, was war das schon?«

»Ich bitte Sie, solch ein Aufwand ... Die ganzen Medikamente, das Obst ...«

»Bitte, kein Wort mehr darüber.«

»Und natürlich die *boyikos* ... Mein Kompliment an Zelda ...«

»Ich freue mich, wenn es geschmeckt hat ... Ich hoffe,

Sie haben alles unversehrt erhalten … Und das Wichtigste ist ja, dass Sie wieder gesund sind. Was macht denn Ihre belgische Zimmernachbarin? Will sie immer noch ihr Zimmer wechseln?«

»Ach die, die hat sich verliebt. In einen Jungen hier aus der Stadt. Sie kommt nachts gar nicht mehr ins Wohnheim. Vertreibt sich wohl die Zeit bei ihm zu Hause.«

»Dann sind Sie ganz allein.«

»Keine Sorge, das ist besser so. Jetzt habe ich ein Zimmer für mich. Ich mag sowieso das Alleinsein lieber.«

»Richtig. Alleinsein ist schön. Vorausgesetzt, man kann jederzeit diesem Zustand entfliehen.«

»Madame Rosella, wirke ich sehr einsam?«

»Das wollte ich nicht sagen.«

»Eigentlich könnte ich jederzeit jemanden finden.«

»Ganz sicher … Was ist denn mit Ihren Bewerbern? Was macht zum Beispiel der Grieche?«

»Der Grieche … ja … also, gestern hat er endlich seinen Mut zusammengenommen und mir vorgeschlagen, einen Spaziergang zu machen. Ich habe ihm gesagt, wir könnten ja gemeinsam zum Friedhof gehen.«

»Wie bitte, wohin?«

»Habe ich das noch nicht gesagt, ich gehe oft auf Friedhöfe. Zwischen den Toten fühle ich mich wohler als zwischen den Lebenden.«

»Wirklich?«

»In Istanbul gehe ich, sobald ich sonst nichts zu tun habe, nach Aşiyan, Karacaahmet oder auf den armenischen Friedhof in Şişli.«

»Und was machen Sie dort?«

»Nichts… ich setze mich in eine Ecke und denke nach. Wie unwichtig und vergänglich doch alles ist, versteht man dort viel besser.«

»Da haben Sie recht…«

»O nein, wie dumm von mir.«

»Was ist denn los?«

»Jetzt habe ich Sie betrübt.«

»Nein, Mademoiselle, Sie haben mich nicht betrübt. Ich dachte nur nach. Darüber, ob es wohl noch etwas im Zusammenhang mit dem Tod gibt, über das ich mir noch keine Gedanken gemacht habe. Ich bin ihm schon so oft begegnet… Er ist so sehr Teil meines Lebens… Als Sie davon anfingen, war es, als wenn Sie von einem alten Bekannten sprechen.«

»Es ist sowieso nicht einfach, mit Ihnen zu sprechen, Madame Rosella.«

»Weil ich überempfindlich bin?«

»Nein, wegen Ihrer Vergangenheit. Sie haben ein solches Leben gehabt, dass alles, was ich zu sagen habe, mir nur lächerlich vorkommt.«

»Das sehe ich überhaupt nicht so.«

»Was kann einen Menschen, der Hitlers Fängen entkommen und fünf Jahre von seinem Ehepartner getrennt gewesen ist, an meinem banalen Leben interessieren?«

»Ich meine, liebe Pelin, das Geheimnis liegt nicht darin, was wir erlebt haben, sondern, wie wir es erzählen. Es gibt Lebenswege, die durch die Kunstfertigkeit ihres

Erzählers zu wahren Geschichten werden, obwohl sich darin kein Blättchen bewegt hat.«

»Aber Ihr Leben ist sowieso so …«

»So was?«

»Jetzt fällt mir das richtige Wort nicht ein.«

»Lang?«

»Nein.«

»Traurig?«

»Nein.«

»Langweilig?«

»Natürlich nicht.«

»Was dann?«

»Pathetisch vielleicht … Also, Ihr Leben ist voll von Geschichte und Launen des Schicksals.«

»Ja, in diesem Punkt bin ich nicht bescheiden. Überdies wissen Sie noch gar nichts über die wirklichen Abgründe.«

»Ich kann es kaum erwarten.«

»Aber jetzt sind Sie an der Reihe.«

»Ach nicht doch, Madame Rosella.«

»Ganz im Ernst. Abmachung ist Abmachung. Waren Sie denn mit dem Griechen auf dem Friedhof?«

»Muss ich das wirklich erzählen?«

»Natürlich nicht. Ebenso wenig, wie Sie sich die Fortsetzung meiner Geschichte anhören müssen.«

»Sie sind hartnäckig … Aber das wird Sie teuer zu stehen kommen.«

»Wollen Sie eine Gehaltserhöhung?«

»Nein. Aber ich will noch welche von den *boyikos*,

die Sie mir, als ich krank war, ins Studentenwohnheim geschickt haben.«

»Ach, natürlich! Ich bin sicher, Zelda macht Ihnen gern noch welche.«

»Und was den Friedhof betrifft: Ja, wir sind hingegangen. Eigentlich hatte ich gehofft, er überlegt es sich anders angesichts meiner hirnrissigen Vorschläge. Aber im Gegenteil, er hat sogar versucht, mich zu küssen.«

»Auf dem Friedhof?«

»Ja … Der Geruch nasser Erde, die Tropfen, die von den feuchten Blättern fallen, das alles scheint auf Dimitri die Wirkung eines Liebestranks gehabt zu haben. Natürlich ist es auch möglich, dass er dachte, ich will auf den Friedhof, damit wir ungestört miteinander schlafen können.«

»Hat es Ihnen nicht gefallen?«

»Zuerst schon … ein junger Mann, der gut küsst … Er roch gut und hatte süße Lippen. Aber als er versuchte, mich auf die nasse Erde zu legen, da hat's mir gereicht. Ich habe ihm mit dem Knie eins in den Bauch gegeben.«

»Ach, das hatte ich befürchtet.«

»Obwohl es wehgetan hatte, ließ er sich nicht entmutigen. Er quatschte irgendwas davon, dass meine Reaktion nur seine Bewunderung verstärkt hätte und dass meine Härte mich so unwiderstehlich mache.«

»Und was haben Sie getan?«

»Ich habe ihm gesagt, dass er noch einen zweiten Tritt auf seine Härte kriegt, wenn er mich bedrängt.«

»Bravo … Hat er es wenigstens mit der Angst gekriegt?«

»Er sagte, er sei in mich verliebt.«

»Und was haben Sie geantwortet?«

»Er solle aufhören, dummes Zeug zu reden.«

»Glauben Sie Dimitri seine Liebe nicht?«

»Madame Rosella, wenn ich ganz ehrlich bin, glaube ich an niemandes Liebe in diesem Leben.«

»Warum nicht?«

»Meiner Meinung nach ist dieses ganze Gerede von Liebe eine der größten Betrügereien der Menschheit ...«

»Ach wirklich?«

»Eine ekelhafte Abkürzung, die man erfunden hat, um den Weg zum Sex zu erleichtern. Damit Alben sich besser verkaufen und mehr Zuschauer Filme ansehen. Und wir sind so bescheuert, daran zu glauben, so gut wird es vermarktet. All die Schreiber und Zeichner dienen seit Tausenden von Jahren diesen Machenschaften. Im Grunde weiß jeder, dass es nur ein peinlicher, lumpiger Schwindel ist, aber keiner mag es zugeben. Diese Schwäche der menschlichen Rasse macht mich verrückt. Glauben Sie mir, wenn ein Mann mir direkt ins Gesicht sagt, dass er mit mir schlafen will, habe ich dafür mehr Achtung. Aber sobald sie anfangen, von dieser idiotischen Liebe zu faseln, verliere ich jeden Respekt. Das geht so weit, dass ich ihnen am liebsten ihr Ding abschneiden würde, weil sie mich für so blöd verkaufen!«

»Hmm.«

»Hab ich mich zu sehr in Fahrt geredet?«

»Ihre Ansicht kommt so von Herzen, dass man kaum anders kann, als zu denken, dass Sie recht haben könnten.«

»Ich habe recht, Madame Rosella.«

»Vielleicht.«

»Denken Sie nicht so?«

»Ist das wichtig für Sie?«

»Natürlich ist es wichtig… Sie sind doch die Einzige in dieser Stadt…«

»Ja?«

»… mit der ich über solche Dinge reden kann.«

»Und was ist mit den anderen?«

»Welchen anderen?«

»Iwan und dieser Deutsche… Wie hieß er noch?«

»Ähm… dings… Klaus-Peter.«

»Bei so vielen Bewerbern fällt es schwer, sich die Namen zu merken, nicht wahr? Denken Sie über die beiden auch so?«

»Absolut.«

»Aber eigentlich mögen Sie Männer schon?«

»So etwas habe ich nicht gesagt.«

»Ich meine, mich daran zu erinnern.«

»Wenn sie ehrlich sind und frei heraus sagen, was sie wollen, dann mag ich Männer.«

»Dagegen ist nichts einzuwenden.«

»Und warum ist mir so, als ob Sie mir nicht glauben?«

»Warum sollte ich Ihnen nicht glauben?«

»Nur so… Mir scheint, Sie sind nicht mit meinen Ideen einverstanden, aber wollen mich mit Ihrem Widerspruch nicht kränken.«

»Mich beschäftigt viel mehr, wie Ihre Geschichte weitergeht.«

»Danach sind wir in ein Hotel gegangen und haben miteinander geschlafen.«

»Wirklich??«

»Sehen Sie, Sie glauben es nicht!«

»Sind Sie wirklich in ein Hotel gegangen?«

»Nein, natürlich nicht.«

»Was haben Sie denn dann gemacht?«

»Was sollten wir tun – wir sind, ohne ein Wort zu wechseln, zusammen bis zum Mädchenwohnheim gelaufen und haben uns dort getrennt. Ich glaube nicht, dass er mich noch einmal wiedersehen will.«

»Und tut Ihnen das leid?«

»Ich weiß es nicht ... eigentlich nicht. Also wenn ich Bedarf habe nach jemandem, der so verlogen ist, mir von seiner Liebe zu erzählen, dann brauche ich an unserer Uni nicht lange zu suchen.«

»Und was ist mit Sarkis?«

»Was, der Konditor?«

»Ja, sollte der vielleicht in Sie verliebt sein?«

»Also Madame Rosella ...«

»Warum denn nicht? Der Junge lässt seinen angenehmen Arbeitsplatz im Stich und verbringt täglich Stunden damit, Sie zu verfolgen. Versetzen Sie sich mal in seine Situation.«

»Madame Rosella, finden Sie das jetzt witzig?«

»Bin ja schon still.«

»Sie sollen nicht still sein, Sie sind nämlich dran.«

»Ach so?«

»Sie sind in Istanbul. Sie lernen Türkisch. Und die

Verwandten von Monsieur Aldo haben Schiss vor Ihnen.«

»Hmm… Sagen wir, sie fühlen sich zu Recht etwas unbehaglich gegenüber der fremden Schwiegertochter, die ihnen anvertraut wurde.«

»Na gut, meinetwegen…«

»Aldos Mutter ließ mich zu der Zeit nie allein. Sie tat alles, damit ich mich auf Büyükada wohlfühlte. Büyükada wurde damals ›Judeninsel‹ genannt. In dieser Bezeichnung drückte sich der Widerwille gegenüber den verstreuten Nachfahren Moses auf der Insel aus und ein sich allmählich steigernder Groll. Vielleicht bemerkte ich als Ausländerin die Distanz zu den Muslimen noch klarer. Nach den bitteren Erfahrungen in Deutschland wusste ich, dass das kein gutes Zeichen war.«

»Ich habe gestern ein bisschen im Internet recherchiert. Die Vermögenssteuer und solche Sachen, das muss während Ihrer Zeit in Istanbul erlassen worden sein.«

»Genau. Aber jetzt sind wir noch zu Beginn des Krieges… Auf Büyükada vertreibe ich mir die Zeit bei Plaudereien mit Aldos Geschwistern im Club Anatolien, ziehe Tanya auf und gehe ab und zu zum Baden an den Strand. Noch werde ich von fast allen Verwandten gemocht. Nur Aldos Cousine Jaklin hasst mich von ganzer Seele.«

»Ogottogott…«

»Ja…«

»Was tat sie Ihnen denn an?«

»Nichts Bestimmtes. Aber bei jedem Treffen machte sie eine stichelnde Bemerkung und deutete auf vielerlei Weise an, dass unsere Heirat Aldo nichts als Unglück gebracht hat.«

»Warum denn? Hätte Sie etwa gern Monsieur Aldo geheiratet?«

»Dass Jaklin davon geträumt hatte, wusste in der Verwandtschaft jeder. Als meine Schwägerin Linet es mir eines Tages zuflüsterte, erfuhr dann auch ich davon. Das arme Mädchen hatte jahrelang darauf gewartet, dass Aldo seine Facharztausbildung in Berlin beenden und nach Istanbul zurückkehren würde. Als statt Aldo nur Fotos von ihm und einer blonden Frau ankamen, wurde sie krank und lag tagelang mit hohem Fieber im Bett. Wegen der Qualen, die sie ausgestanden hatte, hatte sie innerhalb der Familie einen merkwürdig unantastbaren Status. Wenn sie mir bei Tisch eine bissige Antwort gab oder mich bei irgendeinem Thema grob zurückwies, waren zwar alle sehr betrübt, aber keiner griff ein. Meine Anwesenheit auf Büyükada muss ihr Höllenqualen verursacht haben. Ja, ich glaube, Jaklin ist die Jüdin, die bis zum Kriegsende am meisten gelitten hat, obwohl sie nie einen einzigen Nazi zu Gesicht bekam.«

»Wusste Monsieur Aldo davon?«

»Ich glaube es nicht… Mein zerstreuter Aldo war viel zu sehr vertieft in seine Wissenschaft, als dass er die Stürme bemerkt hätte, die im Innern einer Frau wüten. Für ihn war Jaklin eins der lieben kleinen Mädchen in seiner Verwandtschaft. Soweit ich weiß, schätzte er sie.

Es tat ihm jedenfalls leid, dass sie nicht zur Hochzeit gekommen war.«

»Wirklich eine schwierige Situation.«

»Ich bin Jaklin nie böse gewesen. Ich habe immer versucht, sie zu verstehen. Selbst als sie mein Leben zerstören wollte.«

»Zerstören? Danke, Zelda. Dieser Likör ist wirklich fantastisch.«

»Zelda-Kind, stellst du meinen auf den Tisch? Ich möchte jetzt nichts trinken, aber vielleicht später. Was sagte ich gerade?«

»Jaklin ... Wie sie Ihr Leben zerstören wollte.«

»Es war mir furchtbar langweilig auf Büyükada. Außerdem brauchte ich Geld. Aldo hatte alles, was wir hatten, an die deutschen Behörden gezahlt, um unsere ungehinderte Ausreise aus Berlin zu ermöglichen. Und die Verwandten in Istanbul waren nicht begütert. Ich wollte ihnen nicht für die Dauer eines Krieges von unvorhersehbarer Länge zur Last fallen. Als ich Linet darauf ansprach, meinte sie, ich könnte Klavierstunden geben. Eine Woche später hörten wir, dass eine angesehene Familie im Stadtteil Ayazpaşa nach einer Klavierlehrerin für ihre Tochter suchte. Eines heißen Junitages bestiegen Linet und ich morgens die Fähre. Und so brach ich auf zu dem eigentümlichsten Abenteuer meines Lebens.«

»...«

»...«

»Madame Rosella, wenn Sie jetzt aufhören, dann stürze ich mich hier aus dem Fenster.«

»Es tut mir leid, aber wir müssen aufhören, Mademoiselle … Zum einen hat mich die Unterhaltung ermüdet, und außerdem möchte ich im Gegenzug zu meiner Geschichte noch einiges von Ihnen erfahren.«

»Was denn zum Beispiel?«

»Lassen Sie uns in der nächsten Woche darüber sprechen. Jetzt trinken Sie bitte Ihren Likör und sagen mir, welche Musik Sie hören möchten.«

»Noch einmal Brahms?«

»Ich sehe, seine Musik hat Ihnen gefallen.«

»Gefallen ist gar kein Ausdruck. Man ist für diese Musik fast bereit, an Gott zu glauben.«

»Nun gut. Außerdem steht im Talmud, dass Musik gleichbedeutend mit Anbetung ist. Ich muss nur noch die Platte finden.«

9

»Alles in Ordnung mit Ihnen?«

»Ich weiß nicht.«

»Strecken Sie sich doch auf dem Sofa aus.«

»Ja, ich glaube, dann geht es besser. Wenn es Ihnen nichts ausmacht.«

»Ihr Gesicht ist schneeweiß. Sollen wir einen Arzt rufen?«

»Noch nicht.«

»Worauf sollen wir denn warten, Madame Rosella?«

»Nur keine Panik … Wenn ich mich ein wenig hinlege … Das war eine schwere Woche … Ich kenne die Symptome, aber noch nie haben sie sich zusammengetan und alle gleichzeitig angegriffen.«

»Warum haben Sie mich nicht benachrichtigt?«

»Was hätten Sie denn tun können … Können Sie etwa die Zeit anhalten? Oder haben Sie ein Mittel gegen Altersschwäche?«

»Nein, aber ich hätte Ihre Hand halten können. So wie jetzt.«

»Sie sind wirklich ein Engel.«

»Was Sie nicht sagen.«

»Erzählen Sie mir von der Mutter Ihres Vaters.«

»Jetzt?«

»Während ich Ihnen zuhöre, sammle ich vielleicht ein wenig Kraft für die Fortsetzung meiner Geschichte.«

»Eigentlich war sie Ihnen ein wenig ähnlich.«

»So?«

»Natürlich konnte sie mit Ihrer Schönheit nicht mithalten. Aber sie war eine sehr kluge Frau von der Schwarzmeerküste. Die einzige Person, vor der mein Vater sich je gefürchtet hat.«

»Wie hieß sie?«

»Ulviye … Ulviye Oktay.«

»Und Ihre Großmutter liebte Sie sehr?«

»Außer ihr hat mich nie jemand geliebt.«

»Nicht doch – es gibt doch noch mich.«

»Ich weiß, Madame Rosella … Ich meine doch vor Ihnen.«

»Lebte sie in Istanbul?«

»Nach dem Tod meines Großvaters hatte mein Vater sie aus Trabzon in eine Wohnung in Etiler geholt. Wann immer sie sauer auf ihn war, machte sie Rückkehrpläne, aber im letzten Moment besann sie sich dann doch immer anders. Ein-, zweimal ist sie sogar bis zum Busbahnhof, so wütend war sie.«

»Eine starke Frau.«

»Und gleichzeitig eine weise Frau, denke ich … Hinter jeder Verrücktheit, die ich beging, sah und verstand sie den wahren Grund. Nur sie wusste, wer ich wirklich bin. Ich habe die meiste Zeit bei ihr verbracht.«

»Vermissen Sie sie?«

»Nach ihrem Tod war ich wochenlang nicht ansprechbar. Sie war für mich Mutter und Vater in einem. Darum liebe ich das Wort *babaanne,* ›Vatermutter‹, ganz besonders.«

»Möge sie im Licht ruhen.«

»Amen. Wenn sie nicht gewesen wäre, hätte mein Vater mich sowieso schon lange ins Ausland expediert. Dass ich in Istanbul das Gymnasium beenden konnte, verdanke ich meiner Großmutter. Als mein Vater mich für ein College in England einschreiben wollte, hat sie so gewütet, dass man es bestimmt bis nach Trabzon gehört hat.«

»Kann es sein, dass Sie Ihrer *babaanne* ähneln?«

»Die Wellen, die wie das Schwarze Meer in mir ständig hin und her wogen, und den Eigensinn könnte ich von ihr haben. Schließlich hat sich meine Innenwelt unter den Fittichen meiner Großmutter und durch alles, was ich von ihr gehört habe, geformt.«

»Und Ihr Äußeres?«

»Nein, da gibt es nicht viele Gemeinsamkeiten.«

»Wem sehen Sie ähnlich?«

»Meiner Mutter … so erzählt man mir.«

»Sind Sie böse auf Ihre Mutter?«

»Mein Zorn auf sie ist das Einzige, was einfach nicht nachlässt.«

»Was hatten Sie gesagt, warum hatten sich Ihre Eltern getrennt?«

»Eine neue Liebe.«

»Ihrer Mutter?«

»Ja.«

»Und wer hat Ihnen das erzählt?«

»Ich habe es aus verschiedenen Quellen gehört … von meinem Vater, meiner Großmutter, von Verwandten meiner Mutter …«

»Das ist gut. In solchen Situationen ist es schwer, jemand Unvoreingenommenen zu finden.«

»Als Kind habe ich mich immer wieder gefragt: Was muss doch die Liebe für ein kostbares Ding sein, dass sie dafür ihre zweijährige Tochter im Stich gelassen hat?«

»Warum hat sie Sie nicht mitgenommen?«

»Mein Vater hat ihr gesagt, dass sie mich zurücklassen muss, wenn sie gehen will. Und genau das hat sie auch gemacht. Hat ihre Tochter verlassen und ist mit ihrem Liebhaber auf und davon, wie zwei Turteltauben.«

»Wo lebt sie jetzt?«

»Weiß nicht … ich glaube, in Izmir.«

»Und Sie haben sich nicht noch einmal wiedergesehen?«

»Sie hat es ein paarmal versucht. Aber ich wollte nicht. Ich sagte mir: Ihr romantischen Schmetterlinge, wenn es euch so sehr fehlt, macht euch doch euer eigenes Liebeskind, das könnt ihr dann sehen, sooft ihr wollt.«

»Ganz schön hart.«

»Also, ich bedaure es nicht.«

»Haben Sie je daran gedacht, wie sehr Ihre Mutter dadurch gelitten haben könnte?«

»Ach, das sagte meine Großmutter auch. Sie glaubte, dass es in dieser vergänglichen Welt keinem Menschen zusteht, jemanden zu verurteilen… Obwohl sie eine streitbare Schwarzmeerfrau war, über meine Mutter hat sie nie ein böses Wort gesagt.«

»Eine edle Persönlichkeit.«

»Ja, so war sie. Gott hab sie selig.«

»Ja. Möge sie im Licht ruhen.«

»Was für ein schöner Ausdruck… im Licht ruhen…«

»Man sagt auch: Möge viel Erde sie bedecken. Dieser Wunsch gefällt mir ebenso.«

»Möge ihre Seele Frieden finden ist auch schön… Selbst wenn man nicht religiös ist, wecken diese Formeln ein Gefühl seliger Ruhe.«

»Selbst wenn die Götter andere sind, Mademoiselle, die Gebete sind gleich. Zwischen einem Gebet an Buddha und dem Anruf Allahs bestehen weniger Unterschiede, als wir glauben… Die Sehnsüchte, Hoffnungen, Ängste… sie ähneln sich doch ungemein… Ein Dichter aus Jerusalem geht sogar so weit, zu sagen: ›Die Götter kommen und gehen, aber die Gebete bleiben bestehen.‹«

»Das hat er schön gesagt.«

»Und darum sollten wir, bevor wir jemanden verurteilen, zunächst einmal seine Gebete anhören. Nur so lernt ein Mensch einen anderen wirklich kennen, meine ich. Das gilt auch für Ihre Mutter.«

»Sagen Sie.«

»Ja… ich wüsste gern, was Ihre Mutter betet.«

»Ganz sicher fleht sie zu Allah: ›Lass mich, wenn die Frühlingsblumen leicht im Wind wehen, bei Mondschein und Geigenklang mit meinem Geliebten tanzen.‹«

»Das ist nicht sicher, liebe Pelin.«

»Wie boshaft ich bin, nicht wahr?«

»Nein, nur verletzt. Aber Sie wissen selbst noch nicht, was Sie so verletzt hat.«

»Das weiß ich aber haargenau.«

»Mademoiselle, man kann als Kind niemals wissen, wie genau die Beziehung zwischen Vater und Mutter ist. Wir können nur das interpretieren, was wir selbst miterlebt haben. Dabei kann die ganze Misere durch ein Erlebnis verursacht sein, das bereits vor unserer Geburt stattfand.«

»Madame Rosella, lässt man einfach so sein Kind zurück und geht?«

»Meine kleine Pelin, Ihre Mutter war verliebt.«

»Das ist es ja gerade …«

»Warum haben Sie solche Mühe, das zu verstehen?«

»Das will in meinen Kopf einfach nicht rein. Wenn sie doch eine Frau war, die sich der Liebe verschrieben hat, warum hat sie dann geheiratet und ein Kind in die Welt gesetzt? Warum hat sie nicht statt meines Vaters einen Prinzen auf einem weißen Pferd gefunden, mit dem zusammen sie über grüne Wiesen schwirren kann wie die Schmetterlinge? Warum hat sie mich erst geboren und dann auf dieser ekelhaften Welt alleingelassen?«

»Vielleicht wollte sie Sie gar nicht alleinlassen.«

»Aber sie hat es getan!«

»Vielleicht blieb ihr nichts anderes übrig.«

»Madame Rosella, sagen Sie bloß, Sie wollen meine Mutter verteidigen, weil sie sich verliebt hat.«

»Genau das habe ich vor.«

»Und warum?«

»Weil auch ich mich verliebt habe.«

»Bei Ihnen ist das etwas anderes … Monsieur Aldo hat Sie ja ebenfalls sehr geliebt. Und überhaupt …«

»Mademoiselle …«

»Ja?«

»Ich spreche nicht von Aldo.«

»Wie bitte?«

»Nicht in Aldo, ich habe mich in jemand anderen verliebt.«

»Wann?«

»Damals eben … in Istanbul …«

»Ich glaub's nicht… Warum haben Sie das nicht gesagt?«

»Wenn Sie erlauben, ich wollte gerade anfangen, davon zu erzählen.«

10

»Ich werde es nie vergessen, es war ein schwüler Morgen. Als sei die ganze Stadt von einem riesigen feuchten Tuch bedeckt. Man spürte schon in der Frühe, dass der Himmel gegen Mittag eine einzige Hitzewand sein würde. Linet war diejenige von Aldos Schwestern, die mir am liebsten war … Gemeinsam besteigen wir Seyrisefains Raddampfer und legen ab Richtung Istanbul. An Bord herrscht ein Gewirr verschiedenster Sprachen …«

»Sind Sie aufgeregt?«

»Warum?«

»Na ja, wegen des neuen Jobs.«

»Ich weiß nicht … Zu der Zeit sah man Klavierunterricht nicht wirklich als Arbeit an. Ich spielte schon Klavier, solange ich mich erinnern kann. Ich hatte verschiedene Lehrer gehabt. Vor den Bolschewiken geflohene weißrussische Prinzessinnen, verarmte Tonkünstler aus St. Petersburg, ein polnischer Virtuose, dessen lange, dünne Finger mir noch immer in Erinnerung sind … Nachdem ich anfing, selbst zu unterrichten, wurde mir bewusst, dass mein Geist von jedem ein Samenkorn aufbewahrt hatte. Aber die Tatsache, nach Istanbul zu fahren, beunruhigte mich seltsamerweise. Bis dahin hatte ich außer der Insel nur den Bahnhof Haydarpaşa gesehen und das Galataviertel, in dem Aldos Familie lebte.«

»Und ich war noch nie in Galata …«

»Ich weiß nicht, wie es jetzt dort ist. Aber in jenen Jahren war Galata ein hübscher und beschaulicher Ort.«

»Ich wünschte, ich hätte eine Zeitmaschine.«

»Um in die Vergangenheit zurückzukehren?«

»Mit Ihnen zusammen. Sie würden mich führen.«

»Daran hätte ich Freude.«

»Sie erzählen so schön, es ist wie ein alter Schwarz-Weiß-Film.«

»Aber der Film, der in meinem Gedächtnis abläuft, ist strahlend farbig … Wenn man alt wird, wirkt die Gegenwart sepiafarben, und die Vergangenheit zeigt sich in ihren eigentlichen Tönen.«

»Ich kapiere sowieso diese Vorstellung von der Zeitmaschine nicht.«

»Warum nicht?«

»Sagen wir mal, wir hätten es nach hunderttausend Jahren mühsamer Arbeit geschafft, so ein Ding zu erfinden. Dann müssten die Menschen aus der Zukunft bei ihren Reisen in die Vergangenheit ja auch mal bei uns vorbeikommen, oder?«

»Kann sein … darüber habe ich noch nie nachgedacht.«

»Also, es gäbe doch bestimmt auch Zeittouristen, die neugierig auf unsere Epoche wären.«

»Ja, sicherlich.«

»Wir könnten sogar davon ausgehen, dass es die Zeitmaschine, wenn sie denn irgendwann in der Zukunft erfunden würde, jetzt bereits gibt. Dafür ist es ja schließlich eine Zeitmaschine … Wissen Sie, was mir Angst macht? Vielleicht existiert die Menschheit gar nicht lange genug, um so eine Erfindung zu machen? Also, da bisher noch nie jemand aus der Zukunft hier bei uns vorbeigekommen ist, hat man es entweder nicht geschafft, oder die Menschheit ist dann bereits ausgelöscht. Ist doch furchtbar, oder?«

»Ich gestehe, für Gedankenspiele dieser Art bin ich zu alt.«

»Tut mir leid. Ich quatsche Sie hier voll.«

»Vollquatschen?«

»Na ja, unablässig reden, ausschweifen.«

»Aber genau das ist ein gutes Omen. Am Anfang musste man Ihnen jedes Wort aus der Nase ziehen.«

»Ich denke, ich fühle mich jetzt einfach wohler. Aber erzählen Sie bitte weiter.«

»Ich hatte während meiner Schulzeit bereits einige fremde Städte gesehen. Aber als wir uns der historischen Halbinsel näherten, überkam mich ein nie gekanntes Schaudern. Als würden die Kuppeln des Topkapı-Palastes mich erdrücken … Als ob etwas Schreckliches passieren würde, wenn ich nicht sogleich umdrehte. Ich versichere Ihnen, hätte ich nicht wochenlang Linet wegen einer Klavierschülerin in den Ohren gelegen, ich wäre auf der Stelle zurückgekehrt.«

»Das nennen wir dunkle Vorahnung.«

»Ach, sagt man immer noch so?«

»Na ja, eigentlich nicht. Meine selige Großmutter mochte diesen Ausdruck sehr. Und ich erntete in der Schule damit Lacherfolge, wenn ich ihn zu jedem passenden und unpassenden Anlass von mir gab.«

»Jetzt passte es aber genau.«

»Ach wirklich?«

»Nun ja, wenn wir an die späteren Ereignisse denken …«

»Dann legen Sie mal los.«

»Und Sie schweifen bitte nicht ab.«

»Alles klar, versprochen.«

»An diesem Junitag, an dem Hitler in Paris seine Siegesrunde drehte, traf ich auf eine müde, wegen der Kriegsereignisse angespannte, aber doch hoffnungsvolle Stadt Istanbul. Ihrem Fatalismus zum Trotz hatte die Stadt etwas Stolzes. Die Menschen schienen sich von der Verzweiflung nach Atatürks Tod etwas erholt zu haben. Wir verließen vor einem der Mietshäuser in Ayazpaşa die Straßenbahn und stiegen hinauf in den dritten Stock. Wir wurden in einen Salon mit atemberaubender Aussicht auf den Bosporus gebeten, wo wir uns auf Samtsessel setzten und warteten … Und dann trat er ein.«

»Wer?«

»Er trug einen schwarzen Anzug. Er wirkte erregt, als hätte er sich über etwas geärgert. Er grüßte uns kurz, schritt schnell zum Fenster und schaute hinaus zum Horizont. Mir schien aber, als sähe er nicht Kadıköy, sondern etwas gänzlich anderes. In dem Moment bemerkte ich, wie Linets Augen immer größer wurden. Noch nie hatte ich sie so erregt gesehen, sie zitterte wie eine Malariakranke. Sie hielt ihre Hand auf die Brust gepresst und zeigte mit vor Erstaunen geweiteten Augen auf den am Fenster Stehenden. Als ich unwillkürlich den Kopf drehte, begegneten sich unsere Blicke im Spiegel des Fensters. Er sah mich an, wie mich noch nie jemand angesehen hatte … Wie ein verlassenes Kind, eine vernarbte Wunde oder eine Blume, die sticht … Ich spürte, wie mein Herz sich verkrampfte. Das Schaudern, das mich auf der Fähre ergriffen hatte, überkam mich noch einmal verstärkt. Zum Glück öffnete sich da die Tür zum Salon, und eine junge Frau trat ein. Sie begrüßte uns und ging zu dem Mann, nahm seine Hand und wollte ihn aus dem Salon führen. Dieser aber entwand seine Hand mit einer kleinen, jedoch selbst für uns unmissverständlichen Geste und verließ den Raum mit denselben gereizten Schritten.

Die Frau sagte ›Herzlich willkommen‹. Sie sprach fließend Französisch und lächelte gezwungen: ›Sind Sie Madame Rosella?‹

›Ja‹, sagte ich, ›Rengin *Hanım*?‹

›Ja, Ihre neue Schülerin.‹

Linet stotterte fast, als sie fragte: ›Der Herr eben, war das nicht Enver Rigan?‹

Rengin *Hanım* antwortete bedrückt: ›Ja, höchstpersönlich.‹

Linet, die begriffen hatte, dass mir das gar nichts sagte,

wandte sich mir zu und erklärte aufgeregt: ›Enver Rigan, der berühmte Dichter …‹

Ich hatte den genannten Namen noch nie gehört. Aber die Augen dieses Mannes hatten sich wie zwei grüne Flecken in mein Gedächtnis eingebrannt. Vielleicht lag es daran, vielleicht an der Spannung, die die beiden Frauen im Salon um sich verbreiteten, aber in mir geriet eine Saite ins Schwingen.

Eine Weile sprachen sie noch über dies und jenes, fragten nach dem Ergehen der jeweiligen Verwandten. Sie richteten Grüße an mir großenteils unbekannte Personen aus. Dann sagte Rengin *Hanım* an Linet gerichtet: ›Machen Sie es sich bitte im Salon bequem. Wir werden den Unterricht mit Madame Rosella im anderen Salon abhalten.‹«

»Darf ich mal was fragen, Madame Rosella …«

»Ja, kleines Fräulein?«

»Ist das wirklich genau so abgelaufen?«

»Was denken Sie denn?«

»Ich weiß nicht … Die Szene, die Sie eben erzählt haben, scheint mir so romantisch, dass es schon nicht mehr wahr sein kann. Selbst wenn es sich um Enver Rigan handelt.«

»Kennen Sie ihn?«

»Im Gymnasium haben wir einige Gedichte von ihm gelesen.«

»Und mochten Sie sie?«

»Ich glaub schon … Besonders eins, in dem von der Einsamkeit die Rede ist. Daran erinnere ich mich am besten.«

»Einsamkeit, unvergänglicher Zauber unsres Lebens … Kette unsrer Seele, selbst im Zustand der Auflehnung.«

»Möge voll sein unser Arm mit Liebesblumen …«

»Einer kleinen Unendlichkeit, dem Blau des Schmerzes.«

»Ja. Ich muss es gemocht haben, so gut wie ich mich daran erinnere. Aber das zerstreut meine Zweifel nicht.«

»Glauben Sie womöglich, ich denke mir das aus?«

»Ich bitte Sie … aber ich weiß nicht … Solche Dinge passieren im wirklichen Leben einfach nicht.«

»Was meinen Sie mit wirklichem Leben, Pelin?«

»Wirkliches Leben … Na, wie die Wirklichkeit eben ist. Nicht die, die uns in Filmen oder in albernen Liebesromanen aufgetischt wird.«

»Sie mögen ja recht haben, was gewisse Filme und gewisse Romane betrifft. Aber glauben Sie mir, das Leben ist ein Wunder. Die Wunder, die wir erleben, bereiten uns manchmal Schmerzen, aber ich sage Ihnen: Es sind Wunder. Wenn Sie daran nicht glauben, dann werden Sie große Schwierigkeiten haben, den Weg zu Ihrem eigenen Herzen zu finden.«

»Haben Sie ihn gefunden?«

»Das habe ich … Zumindest gab es eine Zeit in meinem Leben, wo ich fühlte, dass ich ihn gefunden hatte.«

»Nachdem Sie Enver Rigan kennengelernt hatten?«

»Ja … aber nicht sofort.«

»Wie haben Sie sich denn kennengelernt?«

»Eigentlich nicht mit einem Mal, es passierte in gewissen Abständen … Bis auf einen hat alle Schritte er gemacht. Als sich an jenem Tag unsere Blicke im Spiegelglas trafen, ahnte ich bereits, dass ich mir an ihm die Flügel verbrennen würde.«

»Wann haben Sie sich wiedergesehen?«

»Nach der Klavierstunde gingen Linet und ich nach Beyoğlu. Es war Sonntag und alles voller Menschen. Schöne Damen, schicke Herren promenierten auf den Bürgersteigen. Alle sprachen von der unmittelbar bevorstehenden Kapitulation Frankreichs. Nachdem wir in den Boutiquen ein Kleid für Tanya ausgesucht hatten, setzten wir uns ins Nisuaz. Als ich meine Tasche öffnete, um darin nach Trinkgeld zu suchen, fand ich einen blauen zweimal zusammengefalteten Zettel. Darauf stand mit roter Tinte: ›Wer sind Sie?‹«

»Das war alles?«

»Nur so viel.«

»In Rot…«

»Ja. Rot wie Blut.«

»Hatte Enver Rigan das geschrieben?«

»Wer denn sonst? Der Mann, dessen Leben daraus bestand, über Worte zu gebieten, hatte für mich diese denkwürdigen drei Wörter ausgesucht.«

»Und wie hatte er die in Ihre Tasche gekriegt?«

»Er wird noch einmal zurückgekommen sein. Ich hatte meine Tasche im Salon gelassen.«

»Und wieso hat Linet das nicht bemerkt?«

»Sie sagte, dass sie beim Warten eingenickt sei. Die Klaviertöne hätten sie schläfrig gemacht. Rigan muss diese Gelegenheit beim Schopf gepackt haben.«

»Sehr professionell.«

»Aber ebenso poetisch.«

»Besonders, wenn man den Inhalt bedenkt.«

»Ja … ›Wer sind Sie?‹«

»Solch einen Charakter müsste Jack Nicholson spielen.«

»Nicht doch … Ich wäre eher für Travolta.«

»Wer war eigentlich Rengin *Hanım*? Etwa seine Geliebte?«

»Aber sie hatten schon große Probleme miteinander. An jenem Tag hatten sie sich heftig gestritten. Ihr Vater war nämlich ganz und gar nicht einverstanden mit Rigans sozialistischen Ideen. Dass seine Tochter, Augapfel der Istanbuler Gesellschaft, Geliebte eines Dichters sein sollte, gegen den Ermittlungen liefen, brachte den guten Mann zur Weißglut. Seine Tochter hatte denn auch von Rigan verlangt, dass er sein politisches Engagement aufgeben und einem ordentlichen Beruf nachgehen solle.«

»Haben Sie Linet von der Notiz erzählt?«

»Nein, natürlich nicht … Übrigens nicht nur, weil sie meine Schwägerin war … Ich hatte Angst, die Aufregung wäre zu viel für ihr Herz …«

»Bewunderte sie Rigan so sehr?«

»Ziemlich … Sowieso merkte ich nach einer Weile, dass er der Liebling aller gebildeten Damen jener Zeit war. Seine Gedichte gingen von Hand zu Hand. Matineen, an denen er teilnahm, wurden entweder polizeilich verboten oder quollen über vor Zuhörern. Am Interessantesten war, dass selbst Damen der Gesellschaft, die so wenig von der Welt wussten, dass sie den Sozialismus für eine Art Geschöpf hielten, hin und weg waren, wenn Rigan Gedichte vortrug…«

»Kaum zu glauben…«

»Mit einer Geste warf er seinen Schal um die Schulter, wippte mit einem Fuß und gestikulierte mit seinen Händen, während er seine Verse rezitierte. Wer ist zum Beispiel heute der beliebteste Künstler?«

»Şebnem Ferah…«

»Nein, ein Mann.«

»Teoman?«

»Kenne ich nicht…«

»Dann eben Ahmet Özhan.«

»Der hat seinen Zenit schon überschritten.«

»Madame Rosella, ich weiß genau, was Sie meinen. Enver Rigan war einfach ein Star.«

»Und was für einer! Alles an ihm war ein Phänomen: seine anstößige Identität, seine streitbaren Ansichten über die Kunst, die Geheimpolizei, die ihn nie aus den Augen ließ. Apropos Geheimpolizei, ist Ihr Konditor noch immer an seinem Platz?«

»Als ich eben nachschaute, da stand er noch an der Ecke.«

»Mein Gott… Der Junge tut mir wirklich leid.«

»Ist doch egal. Also Sie sagen, dass so ein Mann sich gerade für Sie entschieden hat, ja?«

»Was soll die Frage? Meinen Sie, das passte nicht?«

»Sie sind echt heimtückisch, Madame Rosella… Wie jede Frau, die die Wirkung ihrer Schönheit kennt.«

»Komplimente werden dankend angenommen.«

»Genauso war es auch gemeint.«

»Aber die Dinge sind nicht sofort aus dem Ruder gelaufen. So haben wir uns zum Beispiel den ganzen folgenden Monat nicht gesehen.«

»Warum nicht?«

»Wie sollten wir denn, Kindchen? Er war in der Zeit vollauf beschäftigt mit Tätigkeiten für Gewerkschaften und seine Partei. Daher war die Verbindung zu Rengin vollkommen abgerissen. So hatte ich also auch keine Möglichkeit, ihn beim Unterrichten zu treffen.«

»Aber darauf gehofft haben Sie schon.«

»Ich versichere Ihnen, ich habe nicht einmal daran gedacht. Selbst wenn ich daran gedacht hätte, hätte ich es vor mir selbst verleugnet, und wenn jemand anderes eine diesbezügliche Andeutung gemacht hätte, wäre ich vor Scham im Erdboden versunken. Außerdem möchte ich Sie an die Umstände erinnern. Der Weltkrieg dauerte an. Mein Mann, der sein gesamtes Vermögen geopfert hat, um mein Leben zu retten, sitzt in einer fernen Stadt fest. Ich habe in Istanbul bei seinen Verwandten Unterschlupf gefunden. Und außerdem habe ich eine kleine Tochter.«

»Aber nachgespürt haben Sie ihm.«

»Ich habe einem Dichter, einem Freiheitskämpfer nachgespürt. Bis dahin hatte ich außer ein, zwei schlechten Übersetzungen von Yunus Emre noch kein türkisches Gedicht gelesen. In Linets Haus fanden sich einige der Gedichte von Enver Rigan, die man zu der Zeit heimlich austauschte. Linet war damals noch unverheiratet und ihr Herz offen für derlei Schwärmereien, die so typisch für junge Mädchen sind. Manchmal kam ich abends in ihr Zimmer. Dann lasen wir uns bis spät in die Nacht Rigans Gedichte vor. Nicht dass wir den gesellschaftskritischen Inhalt immer verstanden hätten, aber in unseren Ohren klangen seine Verse wie Musik, die uns berauschte. Später begann ich, mich für andere türkische Dichter zu interessieren. Meine eigentlichen Fortschritte in der türkischen Sprache habe ich dank der Leidenschaft gemacht, mit der ich die Gedichte von Ahmet Haşim oder Yahya Kemal las, die Linet mir gab. In der jüdischen Gemeinde wäre ich mit Französisch sehr gut zurechtgekommen. Und niemand hätte mir …«

»…«

»…«

»Madame Rosella, ist alles in Ordnung?«

»Ich bin … plötzlich ein bisschen kurzatmig … Mir schwindelt ein wenig … Darf ich Sie bitten, das Fenster zu öffnen? Und rufen Sie bitte Zelda … Schnell, wenn es geht …«

11

»Heute sehen Sie besser aus.«

»ICH habe ja auch kein Problem. Nur meinem Körper geht es schlecht. Er verrät mich ständig.«

»Soll ich das Fenster aufmachen? Frieren Sie dann?«

»Machen Sie es auf … Zu dieser Jahreszeit herrscht eine erfrischende Kälte in unserer Stadt … Von den Bergen, die Sie dort in der Ferne sehen, wehen heilsame Lüfte herüber. Wissen Sie, warum die Sanatorien dieses Landes so berühmt sind?«

»Nein, warum?«

»Weil es so viele Berge und so viele Alte gibt.«

»Warum gehen Sie nicht ins Krankenhaus?«

»Kindchen, was soll das Krankenhaus denn mit mir anfangen … Welches Krankenhaus kann Altsein heilen? Die Zeit, die mir bleibt, möchte ich lieber zu Hause verbringen. Außerdem unterhalten wir uns hier so schön.«

»Das würden wir auch dort, Madame Rosella …«

»Heute habe ich keine Kraft, Ihnen zu erzählen, mein Fräulein … Außerdem meine ich mich zu erinnern, dass Sie an der Reihe sind.«

»Aber ich bin sehr neugierig auf die Fortsetzung Ihrer Geschichte …«

»Wenn es mir ein wenig besser geht, erzähle ich sie. Aber jetzt ist es an Ihnen, sich an unsere Abmachung zu halten … Nur eine Bitte: Erzählen Sie mir etwas Erfreuliches. Heute habe ich keinerlei Bedarf an Trübsinn.«

»Etwas Erfreuliches …«

»Ja … etwas Schelmisches … Etwas, das zu Ihrer Jugend passt …«

»Madame Rosella, da fragen Sie genau die Richtige.«

»Warum? Sind Sie etwa nicht jung? Und soweit ich mich erinnere, haben Sie ein bewegtes Liebesleben. Wie hieß der Russe noch?«

»Iwan …«

»Ahaa! Ein furchtbarer Name, aber … Würden Sie ihn ändern, wenn ich Sie darum bitte?«

»Den Namen?«

»Ja … Wo Sie ihn schon im wirklichen Leben nicht ändern können, nennen Sie den Jungen wenigstens anders, wenn Sie mir von ihm erzählen … Zum Beispiel …«

»Michail?«

»Michail?«

»Wie Michail Baryschnikow … der Tänzer …«

»Den kenne ich, kleines Fräulein, aber wenn wir ihn Michail nennen, warum ändern wir den Namen des guten Jungen dann überhaupt?«

»Ich verstehe Sie nicht, Madame Rosella …«

»Mein Fräulein, stellen Sie sich vor, Sie haben keine achtundachtzigjährige Alte vor sich, sondern ein unschuldiges junges Mädchen im Frühling seines Lebens.

Das von Ihnen ein paar hübsche Geschichten über Liebe und Herzensangelegenheiten hören will.«

»Von mir?«

»Ja, von Ihnen.«

»Und was für einen Namen wünschen Sie?«

»Wie wäre es mit Alexej?«

»…?«

»Kindchen, haben Sie nie *Anna Karenina* gelesen?«

»Leider nicht.«

»Das heißt, Sie kennen den reizendsten, gefährlichsten und verführerischsten Mann der Literaturgeschichte nicht. Graf Alexej Kirillowitsch Wronskij … Ein leidenschaftlicher Mann, wie ihn jede Frau für ihr Leben gern kennenlernen würde, um gleich darauf den Augenblick zu verfluchen, da sie ihn kennenlernte.«

»Meinen Sie nicht, dass das für meinen Freund etwas übertrieben wäre?«

»Er ist dann nicht mehr Ihr Freund, Mademoiselle … Wenn Sie anfangen, von ihm zu erzählen, wird er der Held Ihrer Geschichte. Sie geben ihm einen Namen. Er macht, was Sie wollen. Und jetzt legen Sie bitte los.«

»Ich weiß nicht, wo ich anfangen soll.«

»Wann haben Sie ihn zum letzten Mal gesehen?«

»Vor fünf Tagen.«

»Wie sah er aus?«

»Er hatte eine schwarze Lederjacke an …«

»Schön … Weiter?«

»Er trug einen roten Pullover mit Stehkragen. Auf dem Pullover waren Katzenhaare.«

»Dann liebt er Katzen?«

»Ja … er hat zwei davon in seinem Studentenzimmer.«

»Wohnt er allein in dem Zimmer?«

»Er hat noch einen Mitbewohner aus der Ukraine. Sergej … Aber bitte lassen Sie mich diesen Namen nicht auch noch ändern.«

»Sergej ist doch ganz hübsch.«

»Die Katzen haben sie als Babys gefunden. Wahrscheinlich wurde die Mutter von einem Auto überfahren. Eine ist schwarz und verspielt, die andere ist ein aristokratischer Typ, ähnlich wie Charlotte.«

»Hörst du, Charlotte, man spricht von dir.«

»Sie wirkt auch ein bisschen niedergeschlagen.«

»Sie fühlt, dass die Sanduhr bald abgelaufen ist, Mademoiselle. Katzen spüren so etwas.«

»Madame Rosella, wenn Sie das noch einmal sagen, schweige ich bis in alle Ewigkeit.«

»Schon gut. Versprochen.«

»Deswegen sind ständig Katzenhaare auf seinem Pullover. Und die Hände sind vom ständigen Spielen ganz zerkratzt.«

»Soso, er weiß also, wie man die Aufmerksamkeit der Frauen auf sich lenkt … Keine Frau bleibt gleichgültig gegenüber einem Mann, der Katzen aufzieht. Sieht er denn gut aus, dieser Alexej?«

»Ich finde schon.«

»Wie denn?«

»Sein Gesicht erinnert an Kurt Cobain.«

»An wen?«

»Schauen Sie mein T-Shirt an.«

»Ist das Kurt Cobain? Hat Alexej auch so lange Haare?«

»Ja. Er spielt Bass in einer Rockband an der Uni. Manchmal tritt er auch am Wochenende in einer der Bars der Stadt auf.«

»Er hatte Sie doch in ein Hotel eingeladen, oder?«

»Ja, hatte er.«

»In ein Hotel am See …«

»Ja.«

»Und das Zimmer wollte er mit dem Geld bezahlen, das er verdient, wenn er Bass spielt? Soweit ich weiß, sind diese Zimmer ziemlich teuer.«

»Madame Rosella, Iwan spielt doch nicht Gitarre, um Geld zu verdienen … Pardon, ich meine Alexej … Seine Familie ist reich …«

»So, was macht denn seine Familie?«

»Irgendwas mit Öl.«

»Hmm … Und weiter?«

»Außerdem hat er hier überhaupt keine Arbeitserlaubnis, kann also legal gar kein Geld verdienen. Wenn jemand fragt, sagt er, er spielt zum Spaß. Aber er bekommt schon etwas dafür.«

»Was denn zum Beispiel?«

»Na ja, verschiedene Dinge …«

»Was heißt denn das?«

»Also … zur Freude, zum Entspannen …«

»Ist es das, was ich vermute?«

»Ja, aber in harmlosen Mengen … Also, ich habe noch

nie gesehen, dass er übertreibt. Nur so, zur Aufheiterung … Leichter Stoff wie Gras oder Tabletten.«

»Sie brauchen mir nichts zu erklären, kleines Fräulein, ich werde ihn doch nicht anzeigen. Sie sind erwachsene Menschen, was Sie mit Ihrem Körper machen, geht mich nichts an. Erzählen Sie Ihre Geschichte. Und vergessen Sie nicht, dass ich heute eine schlichte Romantikerin bin, *s'il vous plaît*. Also wenn Sie ein paar romantische Details einbauen könnten …«

»Ich werd's versuchen.«

»Bitte.«

»An besagtem Abend gingen wir in die Bar, wo Alexej auftritt. Es war Wochenende, und drinnen war es brechend voll. Etwa anderthalb Stunden dauerte der Auftritt. Sie spielten wirklich fantastisch. Die Leute waren total begeistert. Während der Pause kam ich kaum bis zur Band durch, so wurden sie belagert.«

»Mädchen?«

»Wenn es wenigstens nur Mädchen gewesen wären!«

»O Gott!«

»Dieser Alexej zieht irgendwie beide Geschlechter an. Aber glücklicherweise hält er es nur mit Frauen. Wir wollten raus, ein bisschen frische Luft schnappen. Vielleicht erinnern Sie sich, es war ein verschneiter Tag, die ganze Gegend war weiß. Und es war Vollmond. Der weiße Schnee schimmerte im Mondlicht und erhellte die Umgebung.«

»Ja, jetzt hört es sich langsam nach einer Geschichte an.«

»Wortlos gingen wir am Flussufer entlang. Die Geräusche aus der Bar wurden allmählich schwächer … Dann setzten wir uns auf eine Parkbank. Alexej drehte eine Zigarette, wir rauchten sie im Mondlicht. Bedeckt von kleinen Eisschollen, floss der Fluss träge dahin.«

»Was hatten Sie an?«

»Ich trug meinen schwarzen Ledermantel und Stiefel. Meine Haare fielen in Wellen über meine Schultern. Auf dem Kopf hatte ich einen Cowboyhut …«

»Großartig …«

»Nach der Zigarette hatte ich plötzlich Lust, ihn zu küssen. Genau in dem Moment spürte ich, wie er mir übers Haar strich.«

»Wunderbar.«

»Dann streifte er mit den Fingern über mein Gesicht … Es gefiel mir, seine von den Gitarrensaiten gehärteten Fingerspitzen auf meiner Wange zu spüren. Sie rochen nach Tabak … Ich weiß nicht, ob es an der gedrehten Zigarette lag oder am Mondlicht, aber seit dem Tod meiner Großmutter fühlte ich mich das erste Mal froh und glücklich … Es ging mir durch den Kopf, dass das Leben doch eigentlich schön sein könnte. Ich fühlte mich so gut, dass ich nicht mal böse geworden wäre, wenn er mir eröffnet hätte, dass er in mich verliebt sei. Aber er tat etwas viel Besseres. Er nahm mein Kinn und zog mich an sich. Ich spürte, wie seine Lippen die meinen berührten …«

» … «

»Madame Rosella?«

»…«

»Zelda, Madame Rosella sollte sich ein wenig ausruhen. Mach ruhig das Licht aus. Bring mir meinen Schirm, ich gehe jetzt am besten.«

12

»Letzte Woche habe ich Ihre Geschichte gar nicht fertig gehört, weil ich vorher eingeschlafen bin.«

»Das war gut so, Sie waren erschöpft.«

»Ich hoffe, Sie haben mir das nicht übel genommen.«

»Ich bitte Sie, Madame Rosella. Hauptsache, Ihnen geht es besser.«

»Und was passierte danach?«

»Heute sind Sie an der Reihe.«

»Ach wirklich?«

»Ganz sicher.«

»Wie es regnet ...«

»Ja, die Himmelsschleusen sind geöffnet.«

»Was für ein schöner Ausdruck ... die Himmelsschleusen sind geöffnet ... Mein Gott, das hatte ich schon ganz vergessen.«

»Oder es gießt wie aus Kübeln ...«

»Sehen Sie, daran kann ich mich erinnern ... aber ich weiß nicht mehr, ob aus meiner eigenen Jugend oder aus dem Fernsehen.«

»Schauen Sie viel fern?«

»Früher, in den Jahren nach Aldos Tod, da sah ich viel fern. Aber jetzt weniger ... Meine Augen tun weh davon.«

»Und was schauen Sie sich an?«

»Nichts Bestimmtes … Filme, Serien, Sportprogramme … Alles, was mir die türkische Sprache in Erinnerung ruft.«

»Musik?«

»Türkische Lieder zu hören halte ich nicht aus … Musik ist grausam … Sie untergräbt auf direktem Weg Ihr Verteidigungssystem.«

»Genau, ganz richtig. Wenn Erinnerungen daran hängen, können einen selbst Lieder, die man sich normalerweise nie im Leben anhören würde, aus der Fassung bringen.«

»Als ob Ihnen das Herz herausgerissen wird.«

»Das haben Sie perfekt ausgedrückt.«

»Aber die Nacht, von der Sie erzählt haben, war auch sehr schön. Der Fluss, der Rauch, der weiße Glanz … Zuletzt hatten Sie mit Alexej eine Zigarette geraucht.«

»Wenn Sie noch mehr hören wollen, müssen Sie erst mal Ihre Geschichte weitererzählen.«

»Da haben Sie recht …«

»Diese Regel haben Sie aufgestellt.«

»Heute fühle ich mich besser … Der Arzt, der gestern hier war, hat mir gesagt, ich könnte alles tun, was ich will, solange ich mich nicht anstrenge.«

»Na, dann ist ja alles klar.«

»Wo waren wir stehen geblieben?«

»Sie hatten Rengin *Hanım* ihre erste Klavierstunde gegeben. Dann hatten Sie Enver Rigan lange Zeit nicht mehr gesehen …«

»Ja … Einige Monate später, als ich mich eines Sonntags bereit machte, um zum Klavierunterricht nach Istanbul zu fahren, kam Linet völlig aufgeregt herein und sagte, es finde eine Dichterlesung im Dramatischen Theater von Tepebaşı statt. Neben vielen anderen berühmten zeitgenössischen Dichtern werde auch Enver Rigan seine Gedichte vortragen. Aber allein wollte Linet dort nicht hingehen. Und da sich in der Familie sonst niemand für Poesie interessierte, müsste ich sie begleiten. Wenn wir den Fünf-Uhr-Dampfer nähmen, wären wir rechtzeitig zum Abendessen zurück.«

»Hatten Sie sich inzwischen eingewöhnt?«

»In der Abgeschiedenheit von Büyükada lebte ich wie ein Einsiedler. Mein einziger Trost war, dass Tanya, niedlich und lustig, wie sie war, die Herzen aller erobert hatte und unbelastet von den Qualen der Menschheit heranwuchs. In der Zwischenzeit waren zwei Briefe von Aldo eingetroffen … Nachrichten voll Melancholie und Sehnsucht, die monatelang unterwegs gewesen waren. In einem berichtete er von einem alten sephardischen Paar, das er in der jüdischen Gemeinde der Stadt kennengelernt hatte, die ihn bei sich wohnen ließen. Sie hatten ihm ein Zimmer gegeben, im Gegenzug wünschten sie, dass er ihnen bei der Hausarbeit helfe. Aldo gefiel besonders die Arbeit im Garten. Er sagte, dass bei der Gartenarbeit die Sehnsucht nach Tanya erträglich sei. Er schrieb auch, dass er versuchte, als Gastdozent in den Lehrkörper der Universität aufgenommen zu werden. Soweit ich verstand, hatte er über das Rote Kreuz eine ganze Reihe von

Briefen geschickt, aber nur diese zwei erreichten ihr Ziel. Er ermunterte uns, guten Mutes zu bleiben, schrieb, dass dieser Albtraum nicht ewig andauern könne, und schloss damit, dass die Menschheit früher oder später ihren Fehler einsehen würde. *Kedavos en bon'ora …*«

»Was heißt das?«

»Lebt wohl … Abgesehen von seinem Dasein als Flüchtling fern der Familie sprach er von keinem ernsthaften Problem. Aber er war ein starker Mann; großen Katastrophen gegenüber war er standhaft.«

»Jaklin?«

»Ich habe sie nie als einen schlechten Menschen gesehen, Mademoiselle … Sie war ein unglückliches, vom Pech verfolgtes Mädchen. Sie glaubte, ihr sei Unrecht geschehen, und vergiftete sich selbst ihr Herz. So wie jeder Mensch, der Gift im Herzen trägt, ließ sie keine Gelegenheit aus, dieses Gift zu verspritzen.«

»Was machte sie denn zum Beispiel?«

»Was mich besonders verletzte, war, dass sie jedermann sagte, wie wenig Tanya Aldo ähnle. Ob wir wirklich sicher wären, dass Aldo der Vater sei.«

»Wie schäbig …«

»Kindchen, von einem Herzen, das von Liebeskummer besessen ist, muss man alles erwarten … Wirklich alles.«

»Je länger Sie von diesem Phänomen der Liebe reden, desto sympathischer wird es mir.«

»Und Sie erstaunen mich, wenn Sie so reden …«

»Aber Sie müssen selbst zugeben, dass sie es übertrieben hat.«

»Jaklin war ein empfindsames Mädchen. Jeder in der Familie wusste das. Was sie für Aldo empfand, war weniger ein Gefühl für den leibhaftigen Aldo als für das Bild, das sie sich von ihm gemacht hatte. Ich glaube nicht, dass sie je mehr als zwei Worte miteinander gesprochen haben.«

»Und was war mit den Eltern?«

»Mit Jaklins Eltern?«

»Nein, denen von Monsieur Aldo. Wie standen die zu Ihnen?«

»Mein Schwiegervater war nicht von dieser Welt, im besten Sinne des Wortes. Nachdem ich ihn kennengelernt hatte, verstand ich auch Aldo besser. Drei Tage die Woche fuhr er nach Istanbul in sein kleines Geschäft im Gedeckten Basar und verkaufte die aus Paris angelieferten Waren … Den Rest seiner Zeit verbrachte er damit, zu Hause merkwürdige Dinge zu erfinden. Da ihm sein Vater einige Immobilien vermacht hatte, brauchte er eigentlich nie wirklich seinen Lebensunterhalt zu verdienen. So konnte er sich andere Beschäftigungen suchen.«

»Was erfand er denn so?«

»Eine ganze Menge … Eine elektrische Joghurtmaschine, eine Fernbedienung fürs Radio, ein ganz simples Gerät, das verhinderte, dass man im Kino bei der Filmvorstellung einschlief, einen Taschenofen … Er hat als Amateur so manches entwickelt, das später von anderen als Patent angemeldet wurde … Alles in allem war er ein wenig zerstreut und weit von unserem alltäglichen Leben entfernt. Ständig war sein Kopf mit irgendetwas beschäftigt. Manchmal musste man ihn sogar an Tanyas Namen erinnern ...«

»Und Ihre Schwiegermutter?«

»Ach, die wunderbare Rebekka ... meine geliebte Rebekka ... Zeit meines Lebens habe ich keine Frau kennengelernt, die so gut organisieren konnte. Wahrscheinlich lag es daran, dass ihr Mann diesbezüglich uninteressiert war, daher hatte sie sich ganz den Angelegenheiten ihrer Familie verschrieben. Manchmal reichte ihr das jedoch nicht, und sie kümmerte sich auch noch um die Angelegenheiten der weiteren Verwandtschaft. Sie bereitete vierzig verschiedene Gerichte für den Schabbat vor und stellte Silberleuchter auf blitzsaubere Tischdecken. Rebekka war eine echte Königinmutter, kein Vogel flog ohne ihr Wissen. Deswegen gaben wir ganz besonders acht, dass sie nichts von dieser Dichterlesung erfuhr.«

»Warum? Hatte sie etwas gegen Enver Rigan?«

»Kindchen, in jenen Jahren gehörten wir in den Augen der Allgemeinheit sowieso einer verdächtigen Gemeinschaft an. Selbst wenn wir nichts Verbotenes taten, war es ein Leichtes, uns in irgendeiner Form etwas vorzuwerfen. Und dann wollten wir noch zu der Lesung eines Kommunisten.«

»Madame Rosella, wo genau war das Dramatische Theater?«

»Zu der Zeit gab es in Tepebaşı einen großen Park mit Blick auf das Goldene Horn ... Das Theater lag in dem Park. Später hörte ich voll Bedauern, dass es mehrmals abgebrannt ist. Schließlich wurde es abgerissen.«

»Ganz sicher wurde es zu einem Parkplatz gemacht.«

»Davon weiß ich nichts… Nach meiner Klavierstunde hatten Linet und ich uns bei Tokatlıyan zum *Déjeuner* verabredet, danach wollten wir nach Tepebaşı. An dem Tag war Rengin *Hanım* sehr niedergeschlagen. Alles in allem war sie eine attraktive Frau… Mit ihren auf Ohrlänge geschnittenen rabenschwarzen Haaren, ihrer kleinen Nase, den großen braunen Augen und dem schlanken Hals erinnerte sie an eine mondäne Französin… Aber wie gesagt, an dem Tag war etwas anders mit ihr. Sie konnte sich nicht auf den Unterricht konzentrieren, spielte ihre Sonaten ohne jede Aufmerksamkeit, aufs Geratewohl. Schließlich ließ sie ab und begann zu weinen… Als ich nach dem Grund fragte, stand sie ohne ein Wort auf und holte aus der Schublade ihres Schreibtisches ein viermal gefaltetes Papier.«

»Einen Brief…«

»Enver Rigan hatte ihr geschrieben, dass zwischen ihnen alles vorbei sei und dass sie sich besser keine weiteren Hoffnungen machte… Als Grund gab er an, dass er sich in eine andere Frau verliebt habe und dass diese Liebe es ihm unmöglich mache, an irgendetwas anderes zu denken. Auch ich war eine Frau und hatte großes Mitleid mit Rengin *Hanım.* Zu der Zeit konnte ich mir noch nicht vorstellen, dass ein Künstler, der mit seinen Gedichten die Herzen von Menschen beseelt, so selbstsüchtig sein könnte.«

»Auf dieses Künstlerpack ist sowieso kein Verlass.«

»Nachdem ich die Arme, so gut es ging, getröstet hatte,

ließ ich sie ein wenig beruhigt zurück, um mich mit Linet zu treffen … Es war ein heißer Sommertag. Wir gingen schnell und erreichten schweißüberströmt das Theater … Der Zuschauerraum war sehr voll. Es gab Leute aus allen Schichten. Auf der einen Seite Mittellose mit geflickten Jacketts und ungeputzten Schuhen, auf der anderen intellektuelle Damen und Herren mit Brille … Oben breitete sich vom Rang wie ein lächerlicher Scherz eine Wolke von Parfüm aus … Die poesiebegeisterten Töchter gut situierter Familien … Natürlich war es ihnen unangenehm, sich mit dem Volk gemeinzumachen, darum blieben sie oben.«

»Und die waren auch gekommen, um Enver Rigan zu hören?«

»Mehrheitlich ja … Später sollte ich erfahren, dass er wegen dieser weiblichen Anhänger in der Partei angegriffen wurde. Seine Widersacher behaupteten, er tue nur so, als ob er der Sache des Sozialismus diene, und in Wahrheit sei er ein Hochstapler, der mit den Gefühlen von sentimentalen Bürgertöchtern spiele. Bis zu einem gewissen Grade hatten sie damit auch Erfolg.«

»Sagen Sie doch einfach: ein Star …«

»Ja, er war wirklich ein Star … Er kam als Letzter an die Reihe, seine Gedichte vorzutragen … Der ganze Zuschauerraum hielt den Atem an und wartete darauf, dass er die Bühne betrat … Linet und ich hatten im Rang unsere Plätze eingenommen.«

»Mit der High Society.«

»Ja, natürlich … Aber unsere Plätze waren wirklich

gut. Als Enver Rigan endlich auf der Bühne erschien, rollte vom Rang ein einziges großes Seufzen durch den Raum. Als Erstes hielt er eine Ansprache, dass Hitler dazu verurteilt sei, den Krieg zu verlieren, und dass keine Schreckensherrschaft ewig dauern könne. Er erhielt frenetischen Beifall.«

»Natürlich, der Saal kochte bestimmt …«

»Kochte? Wieso sollte der Saal denn kochen, Kindchen?«

»Ich meine, die Leute haben wohl getobt.«

»Toben?«

»Also, soll heißen, dass die Leute begeistert applaudiert haben …«

»Diese Ausdrücke muss ich mir notieren … Die sind lustig …«

»Ich schreib sie Ihnen auf, Madame Rosella … Machen Sie lieber weiter …«

»Danach las er uns eins seiner damals beliebtesten Gedichte vor. Er hatte eine melodische Stimme, die den Zuhörer direkt ins Herz traf. Aber als er das letzte Gedicht vortrug, geschah etwas Unerwartetes … Da mein Gedächtnis mich immer mehr im Stich lässt, kann ich mich nicht an das Ganze erinnern, aber es war während eines Verses, in dem der Himmel vorkam, dass er aufschaute und unsere Blicke sich trafen.«

»Unter so vielen Menschen.«

»Ja … Wir schauten uns eine Weile so an … einige Sekunden … Er hatte das Gedicht unterbrochen und sah nur mich an, in meine Augen, oder besser: Er drang in mein Innerstes durch meine Augen. Dann besann er sich plötzlich, warf seinen Schal mit einer Geste nach hinten und fuhr fort mit dem Gedicht ... Als ob die Pause geplant war und zur Inszenierung dazugehörte ...«

»Hat Linet etwas gemerkt?«

»Ich glaube nicht ... An eine solche Möglichkeit hat die Gute nicht im Traum gedacht.«

»Was machten Sie, als es vorbei war?«

»Wir hatten noch einen Einkaufsbummel in Beyoğlu vor. Linet wollte sich ein Paar Lederhandschuhe kaufen. In der Hoffnung, welche zu finden, waren wir in ein, zwei Geschäfte gegangen, die sonntags geöffnet hatten. Das letzte Geschäft war so voll, dass ich es vorzog, vor der Tür zu warten. Ich kannte Linet und wusste, dass das Anprobieren der Handschuhe mindestens fünfzehn Minuten dauern würde ... Ich wechselte zum gegenüberliegenden Bürgersteig und betrachtete die im Schaufenster ausgestellten Schallplatten. In einer Ecke entdeckte ich eine Platte von Tanya Eskenazi, die mich schon länger interessierte. Der Verkäufer nannte mir einen gesalzenen Preis, und ich war gerade dabei, mich auf intensives Feilschen vorzubereiten, als ich hörte, wie jemand meinen Namen rief.«

»Und?«

»Als ich mich umdrehte, stand Enver Rigan in der Tür. Er rief noch einmal: ›Rosella Galante?‹, als sei er sich nicht sicher.

›Ja‹, sagte ich, ›das bin ich ...‹

›Ich bin Enver‹, erwiderte er, und mit einem Lächeln:

›Wir haben uns im Haus von Rengin *Hanım* kennengelernt, erinnern Sie sich?‹

›Ja, natürlich …‹, sagte ich, und ganz distanziert: ›Und eben habe ich mir ja Ihre Lesung angehört.‹

›Ich weiß‹, sagte er lachend: ›Hat es Ihnen gefallen?‹

›Ich lese Gedichte lieber still für mich‹, sagte ich. ›Aber es war doch schön. Die Damen waren begeistert.‹

›Und Sie?‹

›Ich?‹

›Ich will wissen, ob es Ihnen gefallen hat.‹

›Ist das wichtig?‹, erwiderte ich mit einer Geste, als ob ich mich viel mehr für die Schallplatte interessierte.

›Sie können sich nicht vorstellen, wie wichtig es für mich ist.‹

›Dann hat es mir natürlich gefallen, ja …‹

›Sehen Sie, jetzt haben Sie mich glücklich gemacht.‹

›Das freut mich.‹

›Vielleicht sehen wir uns einmal wieder‹, sagte er. Aber in seiner Stimme war nichts mehr zu hören von seiner anfänglichen Selbstgewissheit.

›Vielleicht …‹, sagte ich, ganz ruhig.

›Dann erlauben Sie mir bitte, Ihnen diese Schallplatte zu schenken‹, versuchte er es noch ein letztes Mal.

›Nun gut‹, sagte ich: ›Aber das ist wirklich nicht nötig …‹«

»Madame Rosella, Sie sind total cool.«

»Was Sie nicht sagen … Als ich fünf Minuten später mit meiner Schallplatte den Laden verließ, sah ich Linet, die nach mir Ausschau hielt. Als ich mich näherte, fragte sie, was denn los sei. Anscheinend war mein Gesicht vollkommen rot.«

»Haben Sie den Dampfer noch erwischt?«

»O ja … Als ich meinen Fuß an Bord setzte, hatte ich das Gefühl, als hätte ich gerade eine Gefahr heil überstanden, als sei ich im letzten Moment einer Katastrophe entronnen. Während wir uns langsam von Istanbul entfernten, wollte ich an nichts anderes mehr denken als an meine Tochter.«

13

»Madame Rosella, heute habe ich überhaupt keine Lust, irgendwas zu sagen.«

»Ist etwas passiert, das Sie betrübt hat?«

»Na ja… Wollen Sie nicht an meiner Stelle weitererzählen?«

»Hat es mit Ihrem Vater zu tun?«

»Teilweise.«

»Haben Sie sich etwa gestritten?«

»Nein. Wir sprechen ja nicht miteinander, da können wir uns auch nicht streiten.«

»Was ist es denn dann?«

»Sarkis…«

»Sarkis, der Konditor?«

»Ja.«

»Was ist denn mit ihm? Hat er etwa gemeldet, dass Sie hier ein- und ausgehen? Keine Sorge, Mademoiselle, das ist gar nicht schlimm. Sie sagen ihm, dass Sie ein gutes Werk tun, indem Sie einer alten Frau helfen, und basta. Ich kann mir nicht vorstellen, dass Ihr Vater da etwas dagegen hätte.«

»…«

»Meine liebe Pelin, wenn Sie möchten, spreche ich mit Ihrem Vater…«

»Madame Rosella, es geht nicht um meinen Vater … Es geht um Sarkis selbst.«

»Hat er sich etwa ungehörig verhalten?«

»Gestern hat er mir auf der Straße den Weg versperrt.«

»Wie das?«

»Ich verließ gerade das Wohnheim, um zur Uni zu gehen, da sehe ich ihn auf mich zukommen. In der Hand einen Strauß Blumen … Feldblumen …«

»Ahaaa …«

»Er gibt mir die Blumen und sagt, dass er mich liebt.«

»Was hatte ich Ihnen gesagt?«

»Und das genau vor dem Wohnheim … Sie können sich gar nicht vorstellen, wie bekloppt ich mich gefühlt habe.«

»Und was haben Sie geantwortet?«

»Dass er aufhören soll mit dem Gequatsche … Dass er mir hinterherspionieren soll, ohne mich zu stören.«

»Und in welchem Tonfall?«

»Streng.«

»Richtig streng?«

»Ich glaube, ich habe ein bisschen geschrien.«

»Und die Blumen?«

»Die habe ich genommen und irgendwohin geworfen.«

»Das muss den Armen sehr traurig gemacht haben.«

»Madame Rosella, manchmal glaube ich kaum, was Sie sagen.«

»Warum nicht?«

»Wir werden doch kein Mitleid mit diesem Idioten haben.«

»Und ich verstehe Ihre Wut nicht... Haben Sie nicht jede Menge Verehrer, die Ihnen ihre Liebe erklären? Einer mehr oder weniger, was macht das schon?«

»Aber so ist es auch wieder nicht.«

»Wie denn? Er hat genau wie Alexej oder der andere... Wie hieß noch mal der Grieche?«

»Dimitri.«

»Ja, hat er nicht ebenso wie Dimitri das Recht, sein Glück bei Ihnen zu versuchen?«

»Meinen Sie?«

»Warum nicht? Bloß weil er nicht so reich ist wie die anderen?«

»Ich bitte Sie, Madame Rosella. Sie reden so, als würden Sie mich nicht kennen.«

»Wer weiß, wie viele Dinge es noch gibt, die wir nicht voneinander wissen. Wir kennen uns noch nicht jahrelang, mein Fräulein.«

»Sie wissen genau, was das Problem ist. Sarkis ist der Spion meines Vaters. Er hat ihn für Geld engagiert...«

»Das stimmt auch wieder. Es wird ihm Mühe machen, dieser Aufgabe weiter nachzugehen.«

»Er wird nicht weitermachen.«

»Wie bitte?«

»Er hat mir gesagt, dass er aufgehört hat.«

»Ich glaub's nicht.«

»Schauen Sie doch mal aus dem Fenster...«

»Lassen Sie mich nachsehen... Ja, tatsächlich, er ist nicht da... Mein Gott, ich hatte mich so an seine Erscheinung an der Ecke gewöhnt.«

»Heute oder morgen kommt ein Neuer, keine Sorge.«

»Dann machen Sie den auch in sich verliebt und werden ihn so wieder los.«

»Sie sind wirklich sehr witzig, Madame Rosella.«

»Aber Sie sind absolut närrisch. Deswegen sind Sie niedergeschlagen?«

»Mein Vater ruft an wie ein Wilder… Ständig muss ich den Handy-Klingelton ausmachen. Ich bin sicher, wenn ich hier aus dem Haus gehe, habe ich fünfzehnhundert unbeantwortete Anrufe.«

»Sicherlich macht er sich Sorgen.«

»Ich denke, dieser Sarkis hat in letzter Zeit ziemlich geschludert. Moment mal, Madame Rosella. Gerade kommt mir eine Idee.«

»Was denn?«

»Ich könnte Sarkis bitten, dass er meinem Vater falsche Berichte sendet… Ich bin sicher, in seinem Zustand würde er mir diese Bitte nicht abschlagen… Außerdem müsste er sich nicht länger anstrengen… Er könnte von seinem Zimmer aus was erfinden, so wie ›Pelin *Hanım* hat heute sieben Stunden lang Fische im städtischen Aquarium angeschaut… keine weiteren Vorkommnisse… Stop…‹«

»Das ist doch wohl nicht Ihr Ernst.«

»Warum nicht, ich finde es eine gute Idee.«

»Mademoiselle, Sie haben vor, die Zuneigung dieses Jungen auszunutzen?«

»Na ja, stimmt schon ein wenig, oder?«

»Ein wenig?«

»Na und? Wenn er so verliebt ist, soll er den Preis dafür bezahlen, was soll's?«

»Mademoiselle, es mag ja sein, dass Ihnen jeder Respekt dafür abgeht, aber Liebe ist kein Gefühl, das man so gering schätzen sollte. Ich habe in meinem Leben Frauen kennengelernt, die von den Nazis gefoltert wurden, weil sie ihren Geliebten nicht ausliefern wollten. Ich habe Männer gesehen, die Auschwitz oder Treblinka auf sich genommen haben, nur um ihrer Geliebten die Flucht über die Grenze zu ermöglichen … Ich habe mit Frauen gesprochen, die bei der Belagerung von Leningrad in die Schützengräben gestiegen sind, um ihre Männer nicht alleinzulassen … Diese alten Augen haben die edelsten Seiten des Gefühls Liebe gesehen, über das Sie sich lustig machen. Aus diesem Grund kann ich Ihre Argumentation nicht nachvollziehen, bitte mich zu entschuldigen.«

»…«

»…«

»…«

»…«

»Madame Rosella, ich bin ein ekelhafter Mensch.«

»Nein.«

»Doch, das bin ich … Ich habe vor nichts im Leben Respekt …«

»Nicht doch, Mademoiselle, übertreiben Sie nicht … Sie sind nur verletzt. So wie jeder, wie wir alle … Also, Sie sind so verletzt wie Zelda oder ich.«

»Was reden Sie da, Madame Rosella, bei Ihren Erlebnissen ist das etwas anderes …«

»Für jeden ist sein Leben einzigartig, Mademoiselle. Die Wunden, die uns zugefügt wurden, schmerzen ein Leben lang, ob sie nun von Adolf Hitler stammen oder von der eigenen Mutter.«

»Ach, Madame Rosella, wenn es doch bloß nicht so wäre …«

»Sieht dieser Sarkis eigentlich gut aus?«

»Was soll das denn jetzt …«

»Also, sollen wir uns in eine Ecke setzen und unser Schicksal beweinen? Wissen Sie, diese Opferrolle passt überhaupt nicht zu Ihnen … Sie sind im schönsten Abschnitt Ihres Lebens, kleines Fräulein, Sie verfügen über das höchste Gut des Universums, Ihre Jugend. Wenn ich mir etwas zugutehalte, dann, dass ich mich nie in die Rolle des Opfers habe drängen lassen …«

»Ich weiß nicht, Madame Rosella, vielleicht haben Sie ja recht …«

»Ich meine es im Ernst, wie sieht Konditor Sarkis aus?«

»Haben Sie ihn nicht jedes Mal vom Fenster gesehen?«

»Sie können nicht erwarten, dass eine Achtundachtzigjährige aus fünfzig Metern noch etwas erkennt. Ich frage Sie, wie seine Erscheinung wirkt.«

»Kein besonders eindrucksvoller Typ.«

»Was heißt das?«

»Man könnte sagen, ein ganz normaler Junge. Kurz geschnittenes schwarzes Haar, schwarze Augen, kleine Nase …«

»In welcher Sprache hat er zu Ihnen gesprochen?«

»Auf Türkisch … Also zuerst fing er auf Französisch an und redete dann auf Türkisch weiter.«

»Dann nehme ich an, er ist ein Armenier aus Istanbul … Auf Büyükada habe ich viele Armenier kennengelernt. Sie haben wenig Ähnlichkeit mit den Juden, aber es sind gute Menschen. Ich bitte Sie, solange er Sie nicht belästigt, brechen Sie ihm nicht das Herz. Auch er ist fremd hier, das ist ganz eindeutig.«

»Was denken Sie denn, was ich ihm antun könnte, Madame Rosella? Seine Bäckerei werde ich jedenfalls nicht sprengen.«

»Na, ich weiß nicht, bei Ihnen bin ich mir überhaupt nicht sicher.«

14

»Ist das nicht das Finale der French Open 1999?«

»Ja, Mademoiselle, bravo!«

»Welches Programm?«

»Den Namen kenne ich auch nicht, aber in der Bildschirmecke ist ein Kreis mit einem Z darin.«

»Interessant, davon habe ich noch nie gehört.«

»Den habe ich zufällig im Sommer gefunden, als ich von Kanal zu Kanal schaltete. Sie zeigen dort jeden Tag ein anderes altes Tennisfinale. Erinnern Sie sich an dieses Match?«

»Natürlich … Am Ende gewinnt Steffi Graf, und Martina Hingis fällt heulend ihrer Mutter um den Hals.«

»Ach ja? Sehen Sie, das hatte ich vergessen.«

»Ja, sie wird sogar tränenüberströmt zur Siegerehrung gehen …«

»Wie?«

»So eben … wie ein kleines Kind …«

»Oho, Sie sind ja ein echtes Schauspieltalent!«

»In aller Bescheidenheit, Madame Rosella.«

»Wie bitte?«

»Ich wollte sagen, Sie haben recht, ich habe ein wenig Talent.«

»Wen können Sie denn noch imitieren?«

»Meinen Vater zum Beispiel.«

»Ach wirklich? Dann legen Sie mal los …«

»Sieh mich an, kleine Dame, meine wichtigste Aufgabe ist es, an deine Zukunft zu denken. Selbst wenn ich gezwungen bin, es gegen deinen Willen zu tun!«

»Du meine Güte.«

»Na, wie war das?«

»Redet Ihr Vater so mit Ihnen?«

»Besonders, wenn er seine Freundin dabeihat. Wenn wir allein miteinander sind, redet er schon mehr wie ein normaler Mensch.«

»Übrigens, Graf spielt tatsächlich besser.«

»Wenn Sie mögen, bringe ich beim nächsten Mal meinen Computer mit. Über YouTube schauen wir uns jedes Match an, das Sie wollen.«

»Wie geht das?«

»Das ist eine Internetseite. Da können Sie sich alles ansehen.«

»Doch wohl keine Filme mit obszönem Inhalt?«

»Nein … Also, ich weiß es nicht, habe dort noch nichts dergleichen gesehen.«

»Was das Internet angeht, bin ich leider eine Null …«

»Das macht nichts, ich bringe es Ihnen bei.«

»Versprochen?«

»Na klar … Konnten Sie in Istanbul auch Tennis spielen?«

»Das weiß ich nicht mehr …«

»Wie das?«

»Einfach so … Bei manchen Dingen besteht meine Erinnerung nur aus großen Löchern … Eines davon ist Tennis.«

»Aber *maşallah,* ansonsten erinnern Sie sich an alles.«

»Sie täuschen sich, mein Kind. Es gibt so vieles, an das ich mich beim besten Willen nicht erinnern kann …«

»Was zum Beispiel?«

»Also … ich würde mich für mein Leben gern an den Geschmack der *Bimuelos de patata*, der *Horasi* und der *Şarope* erinnern, die Rebekka für den Schabbat zubereitete. Oder an den Klatsch und Tratsch im Familienkreis, der aus Rücksicht auf mich in Französisch begann und allmählich ins Ladino überging, das ich überhaupt nicht verstand … Daran, wie Tanya im Lauf dieser fünf Jahre größer wurde. Was sie jeden Tag dazugelernt hat und wie sie sich langsam veränderte.«

»Wo ist sie jetzt?«

»Tanya?«

»Also, sie lebt doch, oder?«

»Ach ja, natürlich, Gott sei Dank. Soweit ich weiß, ist sie gesund und munter. Sie hat einen Amerikaner geheiratet und lebt in New York. Sie hat zwei Kinder, die schon groß sind. Einer ist Arzt.«

»Sie sehen sich wohl nicht so häufig.«

»Zuletzt waren sie zu Aldos Beerdigung hier. Seitdem habe ich auch meine Enkel nicht mehr gesehen.«

»Es gibt doch hoffentlich kein Zerwürfnis?«

»Seit ihrem Fortgang nach Amerika haben wir uns leider auch emotional immer weiter voneinander entfernt.

Ihr Mann ist ein guter Mensch, Kind deutscher Flüchtlinge … Zuerst hat er sehr darauf gedrängt, dass ich bei ihnen wohnen solle. Aber da ich ganz im Innern wusste, dass Tanya es nicht möchte, habe ich nicht zugestimmt.«

»Und sie wollte das wirklich nicht?«

»Ich glaube auch nicht, dass sie es jetzt will.«

»Aber warum denn nicht?«

»Geduld, mein Fräulein … Wenn ich die Antwort darauf jetzt gebe, wo bleibt dann die Spannung bei meiner Geschichte?«

»Dann höre ich voll Neugier zu.«

»Es ist Ende August … man spürt schon den Herbst …«

»Ich könnte sterben für Ihre Art, eine Erzählung zu beginnen …«

»Sterben?«

»Weiter, Madame Rosella, ich bin ganz Ohr.«

»Die Familie bereitet sich auf den Umzug zurück nach Istanbul vor. Was mich betrifft, fahre ich jetzt zweimal wöchentlich nach Istanbul. Auf Empfehlung von Rengin *Hanım* gebe ich auch der Schwester ihrer Freundin in Şişli Klavierunterricht.«

»Leidet Rengin noch immer unter der Trennung?«

»Äußerlich gesehen scheint sie darüber hinweg zu sein. Aber ab und zu gleitet ein Schatten von Trauer über ihren Blick. Sie muss Enver sehr geliebt haben und leidet darunter, dass diese Liebe nicht erwidert wird.«

»Und sie fragt sich sicher, wer diese Frau ist, von der in dem Brief die Rede war.«

»Zwar war sie an Envers flüchtige Leidenschaften gewöhnt, aber sie spürte, dass es ihm diesmal ernst war, und das beunruhigte sie sehr.«

»Und diese Frau waren Sie, Madame Rosella, nicht wahr?«

»Leider … Als ich Enver eines Sonntags auf der Fähre traf, konnte ich mich davon überzeugen.«

»Fuhr er auch auf die Insel?«

»Ach was, er hatte dort nichts zu tun. Er muss mich verfolgt haben.«

»Ich glaub's nicht …«

»Ich hatte mich an den Rand gesetzt und schaute dem Schaum der Wellen nach. In Gedanken verglich ich mein Leben mit diesem Schaum. Wie es beginnt, sich verliert, erneut beginnt … Plötzlich bemerkte ich ihn. Er winkte mir unbestimmt zu, so als sei er zufällig dort. Ich grüßte mit einem Kopfnicken zurück. Er kam zu mir und setzte sich neben mich.

›Was für ein netter Zufall‹, sagte ich.

›Das ist kein Zufall‹, erwiderte er. ›Ich folge Ihnen bereits, seit Sie aus Rengins Tür getreten sind.‹

›Warum?‹, fragte ich. ›Was kann ich für Sie tun?‹

Er sagte: ›Sie können mich anhören. Denn ich befürchte, ich habe mich in Sie verliebt.‹«

»Madame Rosella, ich hätte mich an Ihrer Stelle in dem Augenblick über Bord gestürzt.«

»Wahrscheinlich hätte ich das auch am besten getan. Aber auf der anderen Seite hatte die Situation auch etwas Schmeichelhaftes. Denken Sie doch bloß, ein Dichter, für den so viele Frauen schwärmen, erklärt Ihnen seine Liebe. Sagt Ihnen, dass Sie die schönste Frau sind, die er je getroffen hat. Gesteht Ihnen, dass er von Ihnen geträumt hat.«

»Und Sie glauben das alles.«

»Natürlich glaube ich das … Sagen Sie, der Mann auf dem T-Shirt, das Sie letzte Woche anhatten … Wie hieß er noch gleich?«

»Kurt Cobain?«

»Ja, genau … Wenn der käme und Ihnen eine Liebeserklärung machte, was würden Sie da tun?«

»Aber er lebt gar nicht mehr.«

»Und wenn er noch lebte?«

»Dann würde ich ihm wohl mein Herz zu Füßen legen.«

»Das habe ich allerdings nicht getan.«

»Und was haben Sie getan?«

»Mit stolzer Geste blickte ich auf den entfernten Leanderturm, an dem wir gerade vorbeifuhren, und antwortete: ›Enver *Bey*, ich bin eine verheiratete Frau.‹«

»Sehr gut … Und was erwiderte er darauf?«

»Er tat, als hätte er es nicht gehört … Er sprach davon, dass wahre Liebe dem Menschen Kraft zum Ertragen gebe. Er erzählte, dass die Geheimpolizei ihn in der letzten Zeit immer härter bedränge. Jeden zweiten Tag seien sie bei der Druckerei, in der er arbeitete. Aber angesichts der Liebe, die er in seinem Herzen spüre, habe derlei keine Bedeutung mehr.«

»Ich verstehe …«

»›Rengin *Hanım* ist sehr traurig‹, sagte ich, um von mir abzulenken. Indessen überlegte ich, wie ich die anderthalbstündige Fahrt hinter mich bringen sollte, ohne etwas Falsches zu sagen.

›Rengin ist ein liebes Mädchen‹, sagte er und richtete seine pflaumengrünen Augen auf den Horizont: ›Aber ihre intellektuelle Welt wurde von den falschen Händen geformt. Daher weiß sie nicht, was sie vom Leben will. Sie will alles sein, alles auf einmal haben. Und wenn das nicht geht, ist sie gekränkt und bekümmert.‹

›Aber sie liebt Sie‹, sagte ich und betonte jede Silbe.

›Das mag sein‹, sagte er und insistierte: ›Aber ich liebe Sie. Und zwar mit allem, was ich habe.‹

›Das ist vollkommen unmöglich …‹, sagte ich: ›Sie kennen mich gar nicht.‹

›Mein Gefühl zieht seine Kraft gerade aus dieser Unmöglichkeit‹, sagte er, indem er plötzlich seine Stimme erhob.«

»Madame Rosella, ich möchte gleich losheulen!«

»Es mag Ihnen merkwürdig vorkommen, aber damals konnten Dichter ihrer Angebeteten noch solche Dinge sagen … Und niemand fand es lächerlich.«

»Soso, ich sehe, wir nehmen Enver Rigan in Schutz …«

»Ich verteidige nur meine Erinnerungen, mein Fräulein … Ich beschütze sie und erwarte, dass man sie pfleglich behandelt … Denn ich habe in meinem Leben für alles reichlich bezahlt.«

»Sind Sie mir jetzt böse?«

»*Non*, ich bin Ihnen nicht böse.«

»Aber Sie sind gekränkt.«

»Nein, warum sollte ich …«

»Soll ich vielleicht gehen?«

»Das müssen Sie wissen.«

»Wenn Sie wollen, kann ich auch bleiben.«

»Ich habe schon gesagt, das müssen Sie wissen.«

»Aber vielleicht zeigt das Fernsehen ja noch andere Tennisspiele.«

»Was weiß ich, hier ist die Fernbedienung.«

»Möchten Sie denn noch ein Spiel sehen?«

»Schon möglich … Aber wo wir hier schon sitzen, lassen wir uns von Zelda noch einen Likör bringen.«

»Vielleicht spielen wir ja einmal Tennis zusammen.«

»Ach, *mon enfant*, wenn Sie mir das vor zehn Jahren vorgeschlagen hätten, hätte ich vielleicht noch zugestimmt. Aber jetzt ist es ein Wunder, wenn ich es von diesem Sessel in den Garten schaffe.«

»Ja wirklich, warum gehen wir nie in den Garten?«

»Weil es jeden Tag regnet, Mademoiselle.«

»Heute regnet es mal nicht … Wollen Sie?«

»Vielen Dank, vielleicht beim nächsten Mal … Und was Ihren Vorschlag zum Tennisspielen betrifft – mein größter Wunsch war es, einmal im Leben im Finale eines Turniers zu spielen. Es brauchte nicht unbedingt Wimbledon zu sein. Ein kleines Turnier mit Amateurspielern hätte mir schon gereicht. Direkt neben dem Netz hätte der Pokal gestanden, und ich hätte, mit einem gelegentlichen Seitenblick darauf, meine Gegnerin besiegt. Da haben Sie den einzigen Traum von Rosella, die fern von jeder großen Leidenschaft ihr Leben fristete … Ein Finale … Ein Tennisfinale …«

»Und Enver Rigan? Was haben Sie für ihn empfunden?«

»Das war Liebe …«

»Leidenschaft?«

»Ich weiß nicht … Wie jeder Dichter war auch Enver Rigan in Liebesangelegenheiten leidenschaftlich. Ich dagegen hatte gelernt, meine Gefühle mit germanischer Disziplin im Zaum zu halten. Allerdings hätten die Umstände in der Zeit mir, auch wenn ich meinen Gefühlen freien Lauf gelassen hätte, nicht erlaubt, sie auszuleben.«

»Aber Sie ließen sich wohl doch allmählich mitreißen.«

»Anfangs war es seine Bewunderung und das schmeichelnde Gefühl, was mich belebte … Ich hatte nicht die Spur eines Zweifels an der Treue zu meinem Ehemann, aber andererseits war ich eine junge Frau, und die Tatsache, dass ich einem Mann gefiel, wühlte mich auf. Eine Weile, nachdem die Familie nach Galata zurückgekehrt war, erhielt ich einen Brief von ihm. Genau wie in den Romanen für junge Mädchen aus dem neunzehnten Jahrhundert lag er vor meinem Fenster. Enver schrieb, dass er zwei Tage später nach Heybeliada fahren würde, um dort im Sanatorium einen kranken Freund zu besuchen. Wenn ich ihn dabei begleiten wolle, würde ihn das sehr freuen. Nach seiner Aussage war der Zustand des Freundes ernst, und die Begegnung mit einem Engel wie mir könnte ihm vielleicht wieder Kraft zum Weiterleben geben …«

»Ein gewagter Vorschlag.«

»In der Nacht tat ich denn auch kein Auge zu … Den sieben oder acht Zeilen langen Brief las ich bis zum Morgen wieder und wieder durch … Ich versuchte, zu einer Entscheidung zu kommen, ob ich annehmen sollte oder nicht … Dass eine verheiratete Frau und ein lediger Mann nebeneinander auf der Fähre sitzen und sich unterhalten, das war, wie man es auch drehte und wendete, eine nicht ganz schickliche Situation … Schließlich kam ich zu dem Schluss, dass ich unter gar keinen Umständen annehmen sollte, und so glitt ich ruhigen Gewissens in den Schlaf … Aber am Morgen fand ich mich meiner Schwiegermutter gegenüber, um ihr zu sagen, dass ich am nächsten Tag für eine Klavierstunde nach Moda fahren müsste.«

»Wie haben Sie sich getroffen?«

»Im Brief stand, welche Fähre er nehmen würde … Auf der Fahrt verhielten wir uns wie zwei Fremde, die zufällig nebeneinander zu sitzen kamen. Ich las in meinem französischen Roman, den ich dabeihatte, und er kritzelte etwas in ein Notizheft, das er aus der Tasche zog. Ich kann den Grund nicht beschreiben, aber zum ersten Mal, seit ich in Istanbul war, fühlte ich mich an seiner Seite ruhig und im Frieden mit mir. Als sei ich ein Teil der Stadt. Während der Fahrt sprachen wir nur einmal miteinander. Als die Silhouette der Insel, die tatsächlich an eine Satteltasche erinnert, in der Ferne vor uns auftauchte, hob er den Kopf aus dem Heft und sagte, während er mir in die Augen schaute: ›Alles ist ein Zögern. Dies Universum ist das meisterhafte Zögern eines unbekannten Gottes … Es scheint, dass wir bis zum Verlöschen auf seine Entscheidung warten …‹«

»Das war wohl das Gedicht, an dem er gerade schrieb …«

»*Peut-être* … Es waren Wörter, von denen ich im Grunde nicht verstanden habe, ob er sie mir oder einer Erscheinung in seiner Vorstellung sagen wollte. Aber ich war ein wohlerzogenes Mädchen, das wusste, dass man Dichter nicht danach fragt, was sie eigentlich sagen wollen … So lächelte ich nur höflich … Da wollte er mir von dem Freund erzählen, den wir besuchen würden. ›Bruder Rüstü ist ein sehr begabter Dichter‹, sagte er. ›Er ist der Sohn eines Dorflehrers aus Zonguldak. Vor einigen Jahren, als er noch auf dem Gymnasium war, musste er die Schule verlassen, weil er an der Schwindsucht erkrankt war. Er ging ab und wurde Steuereintreiber beim Finanzamt. Als sich vor einigen Monaten sein Zustand verschlechterte, wurde er auf Betreiben von mir und gemeinsamen Freunden in das Sanatorium auf Heybeliada gebracht. Er ist ein junger Mann, der sein Leben in Armut und Bedrängnis verbracht hat. Aber Sie werden sehen, dass er selbst im Angesicht des Todes seine Hoffnung nicht verloren hat.‹«

»Schön und gut, aber ich habe nicht verstanden, warum er Sie unbedingt mit ihm bekannt machen wollte.«

»Wahrscheinlich, weil er etwas ganz Privates mit mir teilen und darauf einen Herzensbund gründen wollte. Als wir jedoch das Sanatorium erreichten, war der junge Mann, den ich dort traf, weder so lebendig noch so hoffnungsvoll, wie er ihn mir beschrieben hatte. Ich sah vielmehr einen aufsässigen Geist, der es leid war, seinen ausgemergelten Körper zu tragen. Ich erinnere mich, dass er sich mit Enver über den Krieg, über dichterische Angelegenheiten und über gemeinsame Bekannte unterhielt. Auch wenn Enver ihm Mut zusprach, konnte selbst ich erkennen, dass der Mann nicht mehr lange zu leben hatte. Die Tuberkulose, die in jenen Jahren noch sehr häufig war, hatte Körper und Geist des Jungen ruiniert. Nachdem er mich nach dem Betreten seines Zimmers höflich gegrüßt hatte, würdigte er mich keines Blickes mehr. Dass dies Verhalten aus einer tiefen Scheu dem anderen Geschlecht gegenüber resultierte, verstand ich erst, als Enver sich entschuldigte und in den Garten ging, um eine Zigarette zu rauchen. Als wir allein waren, neigte er den Kopf vor und fragte, nachdem er einige Minuten geschwiegen hatte: ›Sie … sind Sie Enver *Beys* Verlobte?‹«

»Ach herrje …«

»Zuerst wusste ich nicht, was ich antworten sollte. Aber Rüstü wirkte so düster, so bedürftig nach jeder noch so winzigen guten Nachricht, dass ich unwillkürlich seine Hand nahm und Ja sagte: ›Wir sind so gut wie verlobt …‹

›Sie sind sehr schön‹, erwiderte er. ›Ich habe immer von so einer schönen Geliebten geträumt. Meine Gedichte schreibe ich im Allgemeinen an die Geliebte meiner Vorstellung. Die ist eine Synthese aus den Frauen, die ich in meinem Leben mehr oder weniger nah kennengelernt habe. Wenn Sie es mir erlauben, möchte ich ab jetzt auch für Sie ein paar Sachen schreiben …‹

›Natürlich …‹, sagte ich schluckend. ›Natürlich dürfen Sie schreiben. Und ich danke Ihnen sehr für Ihr Kompliment …‹

Da drückte er mir zart die Hand und sagte die Worte, die ich bis heute nicht vergessen habe: ›Ich bitte Sie, passen Sie gut auf meinen großen Bruder Enver auf … Eigentlich verbirgt er im Innern ein verletztes, zerbrechliches Kind, so wie wir alle … Sein ganzes stolzes und glorioses Gehabe benutzt er nur, um das Kind vor Bösem zu schützen und seine Verletzungen nicht zu zeigen. Lassen Sie sich bloß nicht täuschen …‹

Als wir um fünf Uhr die Fähre nahmen, hatte Enver für mich ein anderes Gesicht bekommen. Zum ersten Mal betrachtete ich das Antlitz, an das ich mich vor allem unter Bühnenbeleuchtung erinnerte, voll menschlichen Mitleids. Von dem Tag an sollten mir immer, wenn ich an ihn dachte, Rüstüs Worte in den Sinn kommen.«

»Madame Rosella, können Sie sich wirklich an all das erinnern, oder schmücken Sie das jetzt für mich aus?«

»Sie denken schon wieder, ich dichte da etwas zusammen.«

»Das will ich nicht denken, aber dass Sie die Gespräche bis in die letzte Einzelheit wiederholen können, ist so …«

»Was denn?«

»Na ja, irgendwie …«

»Sie meinen, ganz unmöglich für so eine Alte wie mich?«

»Seien Sie mir nicht böse, aber seitdem ist fast ein Jahrhundert vergangen.«

»Und was ist, wenn es so ist?«

»Schon in Ordnung, Madame Rosella.«

»Nein wirklich, was ändert es denn, wenn schon so viel Zeit vergangen ist? Ich will nicht mit Ihnen streiten, ich frage aus echtem Interesse.«

»Ich meine, Sie müssten es längst vergessen haben.«

»Das wundert mich auch manchmal, Mademoiselle… Vielleicht haben Sie ja recht, es könnte sein, dass ich das Geschehen beim Erzählen mit Sätzen und Beschreibungen ausschmücke. Vielleicht habe ich mir diese Szenen im darauffolgenden Teil meines Lebens so oft im Geist durchgespielt und wiederholt, dass sie mit der Zeit zur festen Inszenierung eines Theaterstücks geworden sind. Was Sie hier zu hören bekommen, hat möglicherweise gar nichts mehr mit dem wahren Geschehen zu tun und sind bloß Vorstellungen aus dem Gedächtnis einer Greisin…«

»Aber ich höre trotzdem gern zu…«

»Außerdem sage ich Ihnen ganz offen, es ist mir inzwischen völlig egal, ob es ausgedacht ist oder nicht. Schließlich sind es meine Erinnerungen, und die haben gefälligst so aufzuleben, wie ich das will. Und Sie können das Zuhören sein lassen, sobald es Ihnen langweilig wird.«

»Also, das habe ich ganz bestimmt nicht vor…«

»Vielleicht werden Sie eines Tages, wenn Sie in meinem Alter sind, erleben, wie viele Erinnerungen, die Sie jetzt schon lange vergessen glauben, aus den Tiefen Ihres Gedächtnisses wie tote Fische an die Wasseroberfläche steigen. Nicht nur Bilder, auch Geräusche und Gerüche werden in Ihr Bewusstsein dringen. Und wissen Sie auch, warum?«

»Nein, warum denn?«

»Weil Sie keine Zukunft mehr vor sich haben werden. Und weil die Vergangenheit längst entschwunden sein wird, werden Sie sich in einer Gegenwart voller blasser Schatten befinden, die darauf warten, dass Sie sie erneut mit Leben erfüllen.«

»Nicht doch, Madame Rosella, Sie sind doch so …«

»Und wissen Sie, was das Schlimmste daran ist?«

»Nun gut, sagen Sie es mir.«

»Plötzlich wird Ihnen mit Schrecken bewusst, dass Sie in einer Welt leben, die anderen gehört. Kein Mann und keine Frau, kein Hund und keine Katze und kein Kind, das Sie in Ihrer Jugend gekannt haben, ist mehr am Leben … Und ich versichere Ihnen, kleines Fräulein, in einer fremden Zeit zu leben ist weitaus schlimmer als in einer fremden Stadt. Selbst wenn Sie in einem weit entfernten Land ein Flüchtling sind, hegen Sie doch immer noch die Hoffnung, eines Tages in Ihre Heimat zurückzukehren. Aber sofern nicht Ihre Zeitmaschine erfunden wird, gibt es keine Rettung aus einer fremden Zeit. Das ist solch ein Heimweh, für das es keine Linderung gibt …«

»Ich verstehe …«

»Das kann ich mir kaum vorstellen …«

»Madame Rosella, glauben Sie mir, ich verstehe es.«

»Mein schönes Kind, das kann der menschliche Verstand nicht begreifen. Sie müssen diese Sehnsucht am eigenen Leib erlebt haben … Egal, wie sehr Sie sich bemühen, es ist unmöglich, dass Sie sich in meine Situation versetzen …«

»Ja, genau das meine ich ja.«

»Was?«

»Ich verstehe jetzt, dass ich die Ursache, warum Sie sich an die Vergangenheit so klar erinnern können, zu diesem Zeitpunkt nicht verstehen kann. Ist ein etwas verquerer Satz geworden, aber was ich meine, ist …«

»Ja, Mademoiselle, ich habe verstanden.«

»Uff … also haben wir uns endlich verstanden.«

»Wir haben verstanden, dass wir einander nicht verstehen können.«

»Na ja, das ist immerhin auch etwas.«

»Um noch einmal auf Ihre anfängliche Frage zurückzukommen …«

»Was habe ich denn am Anfang gefragt?«

»Ob ich mir das ausdenke oder nicht …«

»Ist gut, Madame Rosella, ich habe die Antwort bekommen.«

»Ich möchte doch noch abschließend etwas sagen: Wenn Sie eines Tages so alt sind wie ich und feststellen, dass Sie in einer Welt leben, die anderen gehört, werden Sie die Welt, zu der Sie gehörten, aus Ihrer Erinnerung wieder auferstehen lassen wollen. Dafür stehen Ihnen noch zwei, nein eigentlich drei Dinge zur Verfügung …

ein mehr schlechtes als rechtes Gedächtnis, Ihre Fantasie und die verfluchte Gegenwart, in der Sie diese beiden miteinander verbinden können.«

»Also, Sie sagen, ›ich weiß, wie es ist, jung zu sein, aber du weißt noch nicht, wie es ist, alt zu sein‹ …«

»Ach, solche Litaneien kann ich überhaupt nicht leiden. Davon wird mir ganz schlecht.«

»Zelda hat übrigens vergessen, uns den Likör zu bringen …«

»Nein, wir haben vergessen, danach zu fragen …«

»Richtig, wo ist nur mein Kopf?«

»Zelda! Zelda, wo bist du?!«

15

»Willkommen, Pelin, heute wirken Sie etwas lustlos …«

»Diese Stadt macht mich so …«

»Ich weiß, mein Kind …«

»Aber es ist nicht einfach nur so eine Lustlosigkeit, Madame Rosella … Manchmal fühle ich mich, als ob in mir eine Zeitbombe tickt, die jeden Augenblick hochgehen kann.«

»Auch das kenne ich …«

»Aber was Sie nicht wissen, ist, dass ich mich gerade dann besonders unausstehlich finde, wenn ich mich in so einen Jungmädchen-Depri-Trip hineinsteigere.«

»Depri-Trip? Sie meinen so etwas wie …«

»Also, dann finde ich mich einfach ekelhaft. Wenn ich mich so von außen betrachte, gefällt mir das, was ich sehe, ganz und gar nicht.«

»Ich glaube, das ist sowieso Ihr Problem.«

»Was?«

»Dass Sie sich ständig von außen betrachten … Eine Jugendkrankheit …«

»Solche Diagnosen frustrieren mich ebenfalls …«

»Warum denn? Sagen das etwa noch andere?«

»Ja, natürlich.«

»Wer?«

»Das dürfen Sie raten …«

»Ihr Vater.«

»Jaaa.«

»Aber das ist doch nichts Ungewöhnliches… Väter und Mütter sagen solche Sätze ständig.«

»Aber aus dem Mund meines Vaters klingen sie noch furchtbarer.«

»Haben Sie wieder angefangen, miteinander zu sprechen?«

»Notgedrungen… Nachdem dieser Sarkis seinen Job als Verfolger geschmissen hat, bekam ich nämlich mindestens zwanzig Anrufe und fünfzehn Kurznachrichten täglich. Schließlich bin ich ans Telefon gegangen und habe mit ihm geredet.«

»Was sagt er?«

»Ich sei in einem sehr kritischen Lebensabschnitt, er hätte Angst, dass ich eine falsche Richtung einschlagen könnte, und so weiter und so fort …«

»Mademoiselle, warum denken Sie denn gar nicht an die Möglichkeit, dass er Sie liebt?«

»Doch, daran denke ich schon, Madame Rosella… Aber seine Art, mich zu lieben, nervt mich ja gerade so.«

»Kommt sie Ihnen zu ichbefangen vor?«

»Was heißt denn ichbefangen?«

»Egoistisch.«

»Ja, ich finde sie ungeheuer selbstsüchtig. Er versucht ja bloß zu verhindern, dass ich Probleme mache, damit er seine Freundin, die so aussieht wie ein Rennpferd, in Ruhe genießen kann.«

»Und was wären das wohl für Probleme?«

»Ich könnte anfangen, Kokain zu nehmen … Oder schwanger werden … Oder mich als Kurier bei der türkischen Mafia verdingen …«

»Das wären aber alles nicht seine Probleme.«

»Natürlich wären sie das.«

»Mademoiselle, jeder wird auf dieser Welt an seinen eigenen Beinen aufgehängt, wie das türkische Sprichwort besagt.«

»Aber Madame Rosella, er ist doch mein Vater!«

»Und er hat ein eigenes Leben, das er leben sollte.«

»So wie meine Mutter?«

»Ja … Genauso wie Ihre Mutter.«

»Sie versuchen doch nicht etwa, mich zu überzeugen, dass ich meiner Mutter recht gebe?«

»Mein Fräulein, ich bin inzwischen alt genug, um zu verstehen, dass es unmöglich ist, irgendjemanden von irgendetwas zu überzeugen. Ich kann Ihnen höchstens helfen, ein Geschehen von einer anderen Warte aus zu betrachten.«

»Madame Rosella, Sie schwingen ja Reden wie ein Politiker.«

»Es liegt bei Ihnen, wie Sie die auffassen.«

»…«

»…«

»Entschuldigen Sie mich.«

»Nein, kleines Fräulein, ich bitte Sie.«

»Das war schon wieder ziemlich grob von mir, nicht wahr?«

»Selbst dabei haben Sie noch etwas Niedliches.«

»Ich bin eine depressive Idiotin, die es nicht schafft, erwachsen zu werden. Deswegen geht mir im Leben alles daneben.«

»So, was geht Ihnen denn daneben?«

»Alles eben … Ganz allgemein …«

»Sind Ihre Noten schlecht?«

»Das nicht.«

»Haben Sie die Schwindsucht?«

»Noch nicht …«

»Ist Ihr Herz leer?«

»Ach, Madame Rosella …«

»Hören Sie, ich kenne Ihre Mutter ja gar nicht … Ich bin auch nicht so verwegen, jemanden zu verteidigen, von dessen Eigenschaften ich nicht das Geringste weiß. Aber ihr einen Brief schreiben und sie nach ihren Gebeten fragen, das würde ich wirklich zu gern.«

»Und Sie glauben, das würde etwas nützen?«

»Waren Sie schon einmal in der Hagia Yorgi Kirche?«

»Sie meinen die auf Büyükada?«

»Ja.«

»Nein, noch nie …«

»Damals ging ich dorthin, wann immer ich mich traurig fühlte. Vielleicht wissen Sie es – um zu der Kirche zu gelangen, muss man erst einen langen Aufstieg machen. Ich bin nicht christlich-orthodox, aber mir kam dieser Aufstieg immer wie eine Verkörperung des Leidensweges vor. Schlussendlich macht es keinen Unterschied, welcher Religion Sie angehören, jeder, der dort ankommt, steckt eine Kerze an und betet. Einige schreiben ihre Gebete sogar auf kleine Zettel und lassen sie in der Kirche. Und wissen Sie, was das Interessanteste ist?«

»Dass die Gebete einander gleichen?«

»Bravo, kleines Fräulein … Die Gebete sind immer gleich. In dieser Kirche auf der Judeninsel beten Angehörige verschiedenster Religionen und bitten Gott um das Gleiche. Herr, schenk uns Gesundheit und Wohlergehen … eine gesegnete Ehe … Gib uns gute Kinder … Hilf mir, dass meine Familie stolz auf mich sein kann … Segne mein Geschäft … Die Selbstloseren beten für Brüderlichkeit unter den Menschen, für das Ende von Krieg und Leid …«

»Ist es immer noch so?«

»Aller Wahrscheinlichkeit nach ja … Hagia Yorgi ist kein Ort, der sich so leicht ändert …«

»Und was glauben Sie, wofür meine Mutter betet?«

»Das kann ich nicht wissen … Das müssen Sie sie schon selbst fragen …«

»Madame Rosella, das halte ich nicht aus …«

»Ich glaube, ich falle Ihnen auf die Nerven …«

»Ach nein, ganz bestimmt nicht … Ich bin es einfach nicht gewohnt, über diese Mutter-und-Vater-Themen zu reden.«

»Wie Sie wollen …«

»Können wir vielleicht das Thema wechseln?«

»In Ordnung. Worüber sollen wir reden?«

»Weiß nicht … Tennis vielleicht?«

»Darauf habe ich jetzt gar keine Lust.«

»Und wenn Sie weitererzählen …«

»Na gut … Aber Moment mal, wovon hatten wir denn überhaupt gesprochen?«

»Von meiner Mutter …«

»Und davor?«

»Von meinem Vater …«

»Ihr Vater rief Sie ständig an. Nachdem …«

»Nachdem der Spion, den er auf mich angesetzt hatte, gekündigt hat.«

»Ach genau!«

»Was ist?«

»Er war vor zwei Tagen hier.«

»Wer?«

»Ihr Konditor.«

»Sarkis?«

»Ja.«

»Was heißt das, er war hier?«

»Er hat mich besucht.«

»Was soll das heißen, er hat Sie besucht, Madame Rosella?«

»Warum nicht?«

»Nein, das glaube ich nicht. So dreist ist er?«

»Moment, werden Sie nicht gleich böse.«

»Was soll das heißen, werden Sie nicht gleich böse? Wie kommt er dazu? Wie kann er es wagen? Wofür hält sich dieser Dummkopf?«

»Ich finde, Sie übertreiben.«

»Was wollte er denn?«

»Sprechen.«

»Sprechen worüber?«

»Über seine Gefühle für Sie …«

»Madame Rosella, sagen Sie mir bitte, dass das ein Scherz ist.«

»Ganz im Gegenteil … es war ihm sehr ernst.«

»Ich versuche, ruhig zu bleiben, aber jetzt hat er es zu weit getrieben, verstehen Sie? Kommt einfach so an Ihre Tür? Was fällt dem ein?«

»Ach Zelda, diesmal bist du gerade rechtzeitig hereingekommen. Kleines Fräulein, Likör?«

»Nein danke.«

»Aber das beruhigt.«

»Ich bin ruhig!«

»Na gut, werden Sie bitte nicht böse.«

»Ich werde nicht böse!«

»Aber der Junge hat nichts getan, wofür er sich schämen müsste. Er ist gekommen und hat sehr höflich mit mir gesprochen.«

»Was haben Sie ihm erzählt?«

»Ich habe seine Fragen beantwortet, dann haben wir uns noch ein wenig unterhalten. Das war alles.«

»Und was wollte er?«

»Er klagte darüber, dass Sie ihn falsch einschätzen.«

»Falsch? Ich kenne ihn doch überhaupt nicht, Madame Rosella! Für mich ist er nicht mehr als ein Strunk Petersilie, der für Geld bereit ist, mir hinterherzuspionieren.«

»Darum geht es ihm … Er will kein Petersilienstrunk sein. Er möchte Ihr Freund sein.«

»Und warum sollte ich das wollen?«

»Das müssen Sie wissen … Da kann ich mich nicht einmischen.«

»Madame Rosella, Sie sind manchmal ganz schön …«

»Was?«

»Wie soll ich sagen, ich habe fast den Eindruck, Sie nehmen die Situation gar nicht ernst.«

»Kleines Fräulein, als Jude muss man selbst die winzigsten Dinge im Leben ernst nehmen. Und ich nehme eben Sarkis' Gefühle ernst.«

»Aber meine sind Ihnen egal.«

»Könnte es sein, dass Sie mir da ein wenig unrecht tun?«

»Ich weiß nicht, Madame Rosella …«

»Der Junge hat an der Tür geklingelt, was hätte ich denn tun sollen?«

»Nicht öffnen.«

»Sehen Sie, liebe Pelin, mit wem Sie freundschaftlichen Umgang pflegen, das geht nur Sie etwas an. Genauso wie es nur mich etwas angeht, wem ich meine Tür aufmache … Außerdem ist er höflich und respektvoll. Ein bescheidener junger Armenier … Dass er Sie verfolgte, war ihm sehr unangenehm … Er sagt, der Befehl dazu kam von weit oben, darum hatte er keine Chance abzulehnen. Ansonsten wäre er mit Sicherheit in seiner geliebten Konditorei geblieben … Pardon, warum lachen Sie?«

»Das müssen meine Nerven sein …«

»Sein größter Wunsch ist es, eines Tages in Istanbul seine eigene Konditorei zu eröffnen … Er hat auch einen Kuchen mitgebracht … Mit Krokant, ganz leicht … Soll Zelda Ihnen einen Teller bringen?«

»Nein danke, Madame Rosella, ich möchte keinen Kuchen.«

»Und wissen Sie was: Er hat auch meine Anzeige in der Zeitung gesehen. Es hat ihn sehr interessiert, wer da einen türkischsprachigen Angestellten sucht …«

»Da hätte er sich ja bewerben können …«

»Das wollte er auch gern, aber da er Sie ja verfolgen musste, hat er es nicht getan.«

»Na so was …«

»Ja …«

»Was soll ich dazu sagen.«

»Ich sage Ihnen nur, dass es keinen Grund gibt, sich von ihm gestört zu fühlen. Sowieso ist er sehr schüchtern … Als er Ihnen notgedrungen auf den Fersen war, hat er sich in Sie verguckt … Und wenn man Ihre Schönheit bedenkt, kann man ihm ja wirklich keinen Vorwurf machen.«

»Sehr liebenswürdig von Ihnen.«

»Natürlich ist es Ihre Entscheidung, aber ich bitte Sie, tun Sie ihm nicht weh.«

»Zum wievielten Mal sagen Sie das jetzt schon – ich habe nicht vor, dem Jungen das Herz zu brechen. Ich kenne ihn ja gar nicht.«

»Ich wollte es nur gesagt haben …«

»Finden Sie denn, dass ich so verletzend bin?«

»Ehrlich gesagt, manchmal schon.«

»Habe ich Sie zum Beispiel schon mal verletzt?«

»Nein …«

»Dann also was?«

»Sie und ich sind Freundinnen … Leidensgefährtinnen … Aber mit diesen Dingen ist es etwas anderes.«

»Mit welchen Dingen?«

»Liebe, kleines Fräulein.«

»Ha … wieder beim Thema.«

»Mademoiselle, was ist daran schlimm? Warum macht es Ihnen solche Angst, wenn sich jemand in Sie verliebt? Bloß weil Ihre Mutter Sie verlassen hat, wollen Sie ein ganzes …«

»Ja?«

»…«

»Madame Rosella, ein ganzes was?«

»Ach nichts …«

»Sprechen Sie bitte weiter …«

»Egal, Mademoiselle … Tut mir leid … Ich bin zu weit gegangen …«

»Vielleicht bin ich auch einfach schwer von Begriff … Ich weiß es nicht … Muss noch mal darüber nachdenken …«

»Ich habe Ihnen die Dinge gesagt, die eine echte Freundin sagen sollte … Und ich verspreche Ihnen, dass ich dieses Thema nicht noch einmal anschneide, es sei denn, Sie wollten selbst darüber sprechen …«

»Na schön … und der Kuchen ist wirklich gut?«

»Ja … ausgezeichnet.«

»Dann essen wir doch jeder ein Stückchen. Ich mache zwar gerade Diät, aber …«

»Also Pelin, wozu brauchen Sie denn eine Diät? Wir sagen Zelda Bescheid, dann bringt sie ihn sofort.«

16

»Endlich ein Sonnentag.«

»Ja, solche Tage liebe ich. Wir hätten schon lange mal in den Garten gehen sollen.«

»Lassen Sie den Schlauch einfach liegen. Darum kümmert Zelda sich heute Abend.«

»Kein Problem, er war nur verstopft.«

»Diese schmiedeeisernen Stühle haben Aldo und ich einst in Salzburg gekauft.«

»Vermissen Sie ihn?«

»Aldo?«

»Ja.«

»Bis vor Kurzem habe ich nichts weiter getan, als ihn zu vermissen.«

»Und jetzt?«

»Ich weiß nicht … Unser Wiedersehen steht ja schon bald bevor.«

»Jetzt fangen Sie schon wieder an.«

»Ich bin eine alte, kranke Frau.«

»Genug, Madame Rosella.«

»Mademoiselle, wann haben Sie Geburtstag?«

»Am 23. Februar.«

»*Mon dieu!* Ein Fisch!«

»Ja, ich bin eigentlich ein Winterkind. Aber ich mag Schnee und Eis nicht. Wann ist denn Ihr Geburtstag?«

»Am 26. Mai.«

»Welches Sternzeichen ist das?«

»Zwillinge.«

»Ihr Geburtstag ist ja schon bald. Nur noch acht Schabbate…«

»Wissen Sie, warum ich das Sternzeichen Fische mag?«

»Warum?«

»Weil sie nicht nachtragend sind. Sie können vergessen.«

»Ha, jetzt ist der Schlauch wieder frei. Da war Gras drin.«

»Sind Sie auch so?«

»Wie?«

»Können Sie vergessen?«

»Ich bin kein gutes Exemplar, was mein Sternzeichen betrifft, Madame Rosella.«

»Warum denn nicht?«

»Ich bin nicht besonders sensibel.«

»Sie… Nicht sensibel…«

»Ja. Eigentlich bin ich ein absoluter Holzklotz.«

»Ich weiß, warum Sie das sagen.«

»Das weiß ich auch. Weil ich nämlich ein Holzklotz bin.«

»Nein, weil Sie so wirken wollen, als seien Sie einer.«

»Vielleicht.«

»Eigentlich haben Sie Angst davor, verletzt zu werden.«

»Kann sein, Madame Rosella… Wo soll ich den Schlauch hintun?«

»Lassen Sie ihn einfach dort… Oh, jetzt haben Sie Schlamm auf Ihrer Hose.«

»Das macht nichts. Ja… gibt's heute keinen Kuchen?«

»Nein… haben Sie ihn denn nicht gesehen?«

»Sarkis? Nein, der lässt sich nicht mehr blicken. Wo er mich endlich los ist, konzentriert er sich wohl ganz auf seine Konditorei.«

»Wie wär's mit einem Stück von Zeldas Torte?«

»Liebend gern.«

»Zelda-Kind, ich möchte auch ein Stück von deinem berühmten Kuchen. Und eine Limonade dazu.«

»Darf ich mal was fragen, Madame Rosella?«

»Bitte.«

»Hat Sie denn nie jemand zusammen mit Enver Rigan gesehen?«

»Wie meinen Sie?«

»Also, hat es keinen Tratsch über Sie gegeben? Ich nehme an, die jüdische Gemeinde war auch damals ziemlich klein.«

»Tatsache ist, dass die Gemeinde der Istanbuler Juden damals zehnmal größer war als heute… Das Risiko, von einem von Ihnen gesehen zu werden, war entsprechend höher…«

»Wie trafen Sie sich denn?«

»Meistens ging ich zu der Druckerei in Cağaloğlu, wo er arbeitete. Er war dort als Korrektor tätig.«

»Als was?«

»Korrektor, Mademoiselle. So etwas wie ein Redakteur…«

»Ja.«

»Er hatte ein kleines Zimmer, das auf einen schmalen, hässlichen Hof hinausging. Es war in der Tat ein trübseliger Ort, aber wir waren so froh, beieinander zu sein, dass wir das Zimmer liebten… Auf der einen Seite gingen Leute ein und aus, mit denen er über die Arbeit sprach, auf der anderen öffnete er mir seine eigene Welt.«

»Und von den Leuten, die da kamen und gingen, fragte keiner, was diese blonde Frau da machte?«

»Er sagte, ich sei seine Cousine.«

»Das haben sie auch ganz sicher geglaubt…«

»Wahrscheinlich… Jedenfalls ging lange Zeit alles gut… Nach seiner Arbeit gingen wir hinaus und streiften durch die Straßen von Alt-Istanbul.«

»Wohin gingen Sie denn?«

»Nach Fatih, Cankurtaran, Vefa… Manchmal auch nach Eyüp oder in den Gülhane-Park. In den Nebengassen von Laleli hatten wir unseren speziellen Teegarten… Wenn es kalt war, saßen wir drinnen, nah am Ofen. Ich kann sagen, dass ich das muslimische Istanbul durch Enver Rigan kennengelernt habe. Er hat mir die ganz besondere Atmosphäre vermittelt.«

»War er religiös?«

»Wer? Enver?«

»Ja.«

»Mädchen, der Mann war Kommunist…«

»Und?«

»Also ein Atheist. Er hatte keinen Glauben an Gott. Für ihn galt die materialistische Philosophie … Aber er sagte immer, dass er mit einem Teil seines Herzens und im gesellschaftlichen Sinne muslimisch fühlte. Seine verstorbene Mutter war eine religiöse Frau gewesen. In seiner Familie gab es Derwische und Korangelehrte. In seinem Elternhaus wurde der Koran viel gelesen. Er interessierte sich aber auch für das Judentum. Weil Marx ursprünglich Jude war, versuchte er, unsere spirituelle Welt zu verstehen.«

»Der Marx, der den Marxismus begründet hat?«

»Groucho Marx jedenfalls nicht …«

»Wer ist das denn?«

»Noch nie was von den Marx Brothers gehört?«

»Ähm … nein.«

»Machen Sie sich nichts draus, Fräulein, ich hatte ja auch noch nichts von Şebnem Ferah gehört.«

»Gut, dass Sie mich daran erinnern. Ich habe was von ihr mitgebracht, können wir uns vielleicht mal anhören.«

»Aber in diesem Haus gibt es nicht das geeignete Gerät …«

»Ich habe einen CD-Player dabei. Und sogar zwei kleine Lautsprecher. Ich packe sie gleich aus.«

»Wo können wir uns das anhören?«

»Hier auf dem Tisch … So, da ist der CD-Spieler … Und hier die Lautsprecher. Batterien habe ich auch …«

»Wie technologisch versiert Sie sind.«

»Eigentlich gar nicht so. CD-Player sind schon lange aus der Mode, aber ich benutze sie immer noch gern.«

»So wie ich immer noch nicht auf meine Schallplatten verzichten mag.«

»Ich glaube … Jetzt funktioniert's … Ich höre, Madame Rosella …«

»Wo waren wir stehen geblieben?«

»Im Teegarten in Laleli.«

»Wir unterhielten uns stundenlang und versanken jeder in den Worten des anderen. Wenn ich Enver zuhörte, fühlte ich, wie die Melodik der türkischen Sprache mein Inneres durchdrang. Er war meine zweite Hälfte. Und ich die seine.«

»Haben Sie miteinander geschlafen?«

»Nein.«

»Ich glaub's nicht.«

»Mademoiselle, wofür halten Sie mich?«

»Na ja, wo Sie so verliebt waren …«

»Liebe hat viele Formen, kleines Fräulein … Auch der Liebesakt … Manchmal ist eine kleine Berührung, eine Biegung der Lippen oder nur ein Lächeln eine andere Form, sich zu lieben.«

»Wirklich?«

»Ja.«

»Und fühlt man dabei die gleiche Lust?«

»Für einen Mann, der so hoch im Kurs stand wie Enver Rigan, war es ein Leichtes, seine körperlichen Bedürfnisse zu befriedigen. Ich habe ihn nie gefragt, was er tat, wenn ich nicht bei ihm war. Und er sprach ebenfalls nicht darüber.«

»Also da wäre ich aber eifersüchtig gewesen.«

»Manchmal war ich auch eifersüchtig… Wenn ich auf seinem Jackett ein dunkles Haar sah oder einen fremden Geruch verspürte, dann nahm ich mir das sehr zu Herzen. Es kam vor, dass wir uns deswegen stritten und manchmal wochenlang nicht miteinander sprachen. Aber zu diesem Thema gab es zwischen uns eine schweigende Übereinkunft.«

»Sie haben ihm das zugestanden.«

»Mehr oder weniger… Ich denke, er fand bei mir etwas, das er bei anderen Frauen nicht fand… Ich gab ihm Fürsorge und Geborgenheit… Für einen Jungen, der im Finstern groß geworden ist, ist Geborgenheit ein überaus wichtiges Gefühl.«

»Im Finstern?«

»Im Internat, meine ich.«

»Wo ist er zur Schule gegangen?«

»Galatasaray… Nach dem Tod seiner Mutter…«

»Und was hatte er Ihnen zu geben?«

»Bei ihm fühlte ich, dass ich Frau und dass ich wertvoll war… Wenn wir beisammen waren, sprachen wir über alles, was uns in den Sinn kam. Am meisten über Gedichte und über den Krieg… Selbst als Hitler kurz vor Moskau stand, hatte er noch immer die unbedingte Hoffnung, dass der Faschismus schließlich werde weichen müssen… Er war fest davon überzeugt, dass General Zukow nicht geschlagen werden und früher oder später die Nazis bezwingen würde.«

»Es beschäftigt mich immer noch, dass Sie nicht miteinander geschlafen haben, Madame Rosella.«

»In welcher Hinsicht?«

»Also, haben Sie sich noch nicht einmal geküsst?«

»Na ja, so keusch waren wir nun auch wieder nicht.«

»Ahaaa … Erzählen Sie bitte.«

»Wie wir uns küssten?«

»Ja … Wie war er, küsste er gut?«

»Sie sind vielleicht lustig.«

»Ich meine es ernst. Konnte er zum Beispiel Zungenkuss?«

»Ach Zelda, dich hat der Himmel geschickt … Kleines Fräulein, Sie essen jetzt Ihren Kuchen und lassen mich in Ruhe.«

»Das sind ganz schön verdächtige Antworten, Madame Rosella …«

»Kümmern Sie sich um Ihren Kuchen.«

»Aber bitte, erzählen Sie doch … Wie küsste er?«

»Einfach wunderbar … Sehr verführerisch … Als nähme er mein Inneres in sich auf … Dieses Lied ist übrigens sehr schön.«

»Nicht wahr?«

»Ja, das davor war mir zu schnell, aber dieses ist schön. Sehr gefühlvoll … Das Mädchen singt wirklich gut. Wie war noch mal der Name?«

»Şebnem.«

»Nein, von dem Lied.«

»*Hoşça kal* – Lebe wohl …«

»Sie trifft einen direkt ins Herz.«

»Ich mag sie auch sehr. Einerseits so düster, andererseits so stolz …«

»Sie hat eindeutig eine Geschichte.«

»Ja. Alles ist schön, was eine Geschichte hat, finde ich.«

»Bin ich dann auch schön?«

»Madame Rosella, Sie sind der flotteste Feger, dem ich im Leben begegnet bin.«

»Was Sie nicht sagen …«

»Ich schwör's … Sie können von Glück reden, dass wir im Alter so weit auseinander sind.«

»Kleines Fräulein, vor Ihnen kann man ja Angst kriegen.«

»Darum sage ich es auch.«

»Ach, dann ist ja gut.«

»So, und wer hat Sie gesehen?«

»Wie?«

»Sie hatten gesagt, lange Zeit sei alles gut gegangen … Was passierte dann? Irgendwer hat Sie wohl gesehen.«

»Ja.«

»Wer?«

»Jaklin.«

»Ihre berühmte Feindin …«

»Ja …«

»Bravo, Madame Rosella, da haben Sie ja mitten ins Schwarze getroffen.«

»Sie sagen es … Nach jedem Treffen brachte Enver mich nach Eminönü zur Fähre. An dem Tag stieg dort gerade Jaklin aus.«

»Madame Rosella, seien Sie mir nicht böse, aber Sie waren wirklich super unvorsichtig.«

»Ja, ich glaube auch.«

»Also wirklich, mitten in Eminönü …«

»Jugendlicher Leichtsinn …«

»…«

»…«

»Sie sind in Gedanken versunken?«

»Es mag sein, dass mein Gedächtnis einiges ausschmückt, aber diesen Augenblick werde ich nie vergessen. Mir ist noch so, als sähe ich die Fähre von Weitem kommen … Als ich mich umdrehe, um Enver zum Abschied zuzuwinken, bevor ich die Fähre betrete, trifft mein Blick Jaklin, genauer gesagt ihre vor Hass funkelnden Augen. Sie starrt zunächst mich, dann den ahnungslosen, winkenden Enver an … In dem Moment durchfährt es mich, dass mein Leben sich dramatisch ändern wird. Einen Augenblick erwäge ich, wieder auszusteigen, Jaklin anzuhalten und ihr zu erklären, dass die Situation nicht so ist, wie sie glaubt, aber ich schaffe es nicht. Ihr feindseliger Blick lässt mich an meinem Platz erstarren.«

»Das war aber schlecht.«

»Schlecht ist überhaupt kein Ausdruck, Kind.«

»Was passierte dann?«

»Was ist danach nicht noch alles passiert …«

»So erzählen Sie doch …«

»Dieses Lied eben, hieß es *hoşça kal?*«

»Ja.«

»Wenn ich Sie darum bitte, würden Sie es noch einmal spielen?«

»Natürlich … sofort …«

»In der Familie war es ein wahrer Skandal. Meine Schwiegermutter Rebekka erkannte ich nicht mehr wieder… Diese gütige Frau verwandelte sich in einen Ermittlungsrichter. Ständig wiederholte sie *›Ke mal mos kere, ke mal mos kere‹*, während sie im Haus auf und ab lief.«

»Und was heißt das?«

»Schütze uns vor dem Bösen.«

»Haben Sie denn nichts erklärt?«

»Was sollte ich da erklären, Kind? Ich litt doch sowieso unter schweren Gewissensbissen… Sollte ich etwa erklären, dass ich mich seit Monaten jede Woche mit einem gut aussehenden Mann traf?«

»Sie hätten ja lügen können…«

»Glauben Sie vielleicht, es war Zufall, dass wir Jaklin an jenem Tag trafen?«

»Etwa nicht?«

»Genau wie der Konditor Sie verfolgte, so hatte, wie sich herausstellte, Jaklin mir bereits seit einigen Wochen aufgelauert… Als sie eine Freundin in Balat besuchte, hatte sie uns wohl in Eminönü gesehen, wie wir zusammen spazieren gingen. Seit dem Tag war sie mir auf den Fersen, sobald ich das Haus verließ.«

»Hatte diese Jaklin denn sonst nichts zu tun?«

»Sie war Studentin zu der Zeit. Malerei an der Hochschule der Schönen Künste.«

»Da sind Sie natürlich in Schwierigkeiten geraten…«

»Noch schlimmer… Das Haus verfiel in tiefes Schweigen… Nachdem die ersten Verhöre beendet waren, sprach niemand mehr mit mir, fragte keiner mehr irgendetwas.«

»Was haben Sie ihnen denn erzählt?«

»Gar nichts ...«

»Sie haben überhaupt nicht Stellung genommen?«

»Nein.«

»Auch keine Lüge?«

»So sehr erniedrigen wollte ich mich nicht. Außerdem hatte sich ein solches Schuldgefühl in mir breitgemacht, dass ich längst bereit war, dafür zu büßen ...«

»Was haben sie getan?«

»Immerhin war ich die Mutter ihrer geliebten Enkelin ... Es waren so mitfühlende Menschen, dass sie nichts getan hätten, was Tanya betrübt hätte. Aber ich spürte, dass ich jetzt als Schwiegertochter nicht mehr willkommen war. Eines Abends begegneten Jaklin und ich uns vor dem Haus. Sie kam mit ihren Leinwänden aus der Schule. Als sie mich sah, hielt sie inne und schaute mich an, ohne etwas zu sagen.«

»Hätten Sie sie doch gefragt, warum Sie Ihnen das angetan hat.«

»Das habe ich auch.«

»Und was sagte sie?«

»Sie sagte, dass ich mich wohl für besonders schlau hielte. Dass ich sie alle wie Idioten behandelte. Aber dass Hochmut vor dem Fall kommt.«

»Menschenskind ... Und Ihre Schwägerin?«

»Linet?«

»Ja ... Sprach sie auch nicht mehr mit Ihnen?«

»Linet saß zwischen allen Stühlen … Ich zweifelte nicht daran, dass ihre Zuneigung zu mir andauerte, aber sie wusste nicht, wie sie sich verhalten sollte. Eines Nachts, nachdem ich Tanya ins Bett gebracht hatte, kam sie heimlich in mein Zimmer. Wir umarmten uns und weinten ein Weilchen still zusammen … Dann zwinkerte sie mit ihren schönen Augen und sagte, sie wisse, dass der Mann Enver Rigan sei.«

»Woher wusste sie das?«

»Irgendwie hat sie es gemerkt …«

»Hmm …«

»Sie sagte, sie habe sich zwingen wollen, mich zu hassen. Schließlich war Aldo ihr einziger großer Bruder … Aber ihre Bewunderung für mich und für Enver Rigan war stärker, und unter diesem Zwiespalt litt sie.«

»Dass sie Sie nicht hassen konnte?«

»Ja … das verursachte ihr Schmerzen.«

»Und da verteidigen Sie noch die Liebe, Madame Rosella. Obwohl Sie deswegen so Fürchterliches erlebt haben.«

»Aber ich will Ihnen eines sagen: Ich fühlte mich auf erstaunliche Weise stark. Als wäre ich durch eine unsichtbare Rüstung geschützt, und das Geflüster im Haus, die bösen Blicke der Nachbarn und die himmelschreienden Gerüchte würden an dieser Rüstung abprallen und zu Staub zerfallen. Es war meine Liebe zu Enver, aus der diese Rüstung gemacht war, und sie sollte mich auch vor den noch kommenden Katastrophen schützen.«

»Was für kommende Katastrophen?«

»Historische Katastrophen, mein Kind …«

»Die Kapitalsteuer oder so?«

»Nein … Etwas, das noch davor passierte.«

»Was denn?«

»Eines Abends kehrte keiner der Männer der Familie nach Hause zurück.«

»Warum nicht?«

»Einfach so … Aldos Onkel Soli und Avi, sein Cousin Yael, selbst sein Stiefbruder Avram, der zeitweise wegen Asthma in Behandlung war …«

»Was war denn mit ihnen passiert?«

»Alle wurden zum Militär eingezogen …«

»Alle auf einmal?«

»Ja … alle auf einmal.«

»Waren sie denn nicht schon beim Militär gewesen?«

»Ja, bis auf Avram alle. Aber sie wurden erneut eingezogen. Als sie von der Arbeit kamen, gerieten sie in eine Ausweiskontrolle. Als Nichtmuslime kamen sie gleich auf die Wache … Und von da direkt zu den Soldaten.«

»Madame Rosella, bitte nehmen Sie Rücksicht auf meine unglaublichen Bildungslücken, aber warum denn?«

»Zunächst versuchten wir, das positiv zu sehen. Der einzige verbliebene Mann im Haus, mein Schwiegervater, versammelte die ganze Familie und ermahnte uns, wir müssten jetzt stark sein, schließlich sei der Krieg fast an unserer Landesgrenze. In einer Zeit, wo die Kriegsmaschinerie bis Athen vorgedrungen wäre, sei es nur natürlich, dass der Staat Reservisten brauche. Und wie jeder Staatsbürger hätten eben auch unsere Männer ihre Pflicht zu tun.«

»Wurden denn noch andere eingezogen?«

»Nein … Nur die Nichtmuslime …«

»Die Art, sie einzuziehen, war auch etwas merkwürdig.«

»Ja … Etwas unwürdig, nicht?«

»Etwas?«

»Nun ja …«

»Wenn die Erinnerung daran Sie schmerzt …«

»Nein, mein Kind … Sind wir nicht hier, um uns zu erinnern?«

»Wie hat das Ihr Leben beeinflusst?«

»Sehr schlimm.«

»Wie das?«

»Jetzt fing Jaklin an, zu behaupten, dass ich eine Unheil bringende Person sei. Sie erzählte jedem, dass alle Katastrophen, die über die Familie hereingebrochen waren, mit meinem Auftauchen in Zusammenhang stünden. Das Schlimmste war, dass solche Theorien bei dem damaligen Gemütszustand der Familie auf fruchtbaren Boden fielen …«

»Eine ganz schön beschissene Lage …«

»Wie bitte?«

»Beschissen, Madame Rosella … Also richtig verfahren.«

»Diesen Ausdruck mag ich nicht, aber Sie haben schon recht … Alle nichtmuslimischen Frauen waren von einer solchen Panikwelle erfasst, dass mich auch Tanya nicht mehr retten konnte. In ihrer Vorstellung wurde ich zu einer Lilith, die, angefangen von ihrem geliebten Aldo, allen Männern Verderben gebracht hatte. Tatsache ist, dass es allesamt gute Menschen und Juden waren, die es nicht übers Herz gebracht hätten, die ihnen anvertraute Schwiegertochter vor die Tür zu setzen, aber …«

»Aber …«

»Aber es war so, dass meine Anwesenheit ihnen Qualen bereitete … Sie ertrugen es nicht mehr, mit mir unter einem Dach zu leben, die gleiche Luft zu atmen. Rebekka schaute mir in die Augen und wimmerte zu Gott, was sie getan habe, um diese Strafe zu verdienen.«

»Und?«

»Ich sah, dass es nicht mehr ging, und beschloss, auszuziehen.«

»Ganz allein …«

»Ja … Ich packte meine Sachen, nahm Tanya und verließ das Haus, ohne mich – außer von Linet – von irgendjemandem zu verabschieden.«

»Haben Sie noch nicht einmal einen Brief dagelassen?«

»Was hätte das genützt, Mademoiselle … Alles war sowieso dramatisch genug.«

»Und wo wollten Sie wohnen?«

»Glauben Sie mir, ich hatte keine Vorstellung, wie ich die nächsten Tage verbringen würde. Ich hatte damals drei Schüler, mit dem Geld konnte ich mich über Wasser halten. Aber eine Bleibe und ein paar Sachen brauchte ich …«

»Und Enver Rigan?«

»Zunächst schlug er vor, dass wir eine Weile bei ihm bleiben sollten. Als ich das ablehnte, besorgte er uns ein Quartier bei einer griechischen Frau in Langa. Möge sie im Licht ruhen, was war Frau Eleni für ein guter Mensch… Ihr einziger Angehöriger, ihr Enkel, war wie unsere Männer zu den Soldaten eingezogen worden. Sie gab uns sein Zimmer. Den ganzen Tag machte sie sich in ihrem kleinen Garten zu schaffen, und abends buk sie Kuchen und Gebäck… Wir saßen zusammen im Garten und unterhielten uns. Sie erzählte mir von früher, genau wie ich jetzt Ihnen.«

»Eine schwere Zeit, das kann man wohl sagen.«

»Schwer schon, aber ich habe sehr viel dabei gelernt.«

»Ganz allein, mit einem Kind.«

»Wissen Sie was, kleines Fräulein, im Leben geschieht nichts umsonst… Alles, was wir erleben, soll uns etwas lehren. Ich würde sogar sagen, dass sich das, was wir Leben nennen, in ständigem Austausch mit uns befindet. Sobald es uns mit etwas konfrontiert, erwartet es, dass wir die darin verborgene Botschaft erkennen.«

»Und haben Sie die Botschaft erkannt?«

»Ich denke schon.«

»Wie lautete sie denn?«

»…«

»Wenn Sie nicht wollen, brauchen Sie es mir nicht zu erzählen…«

»Nein, es ist nicht, dass ich nicht will. Ich weiß nur nicht, wo ich beginnen soll…«

»Keine Eile. Wir haben viel Zeit.«

»Sprechen Sie für sich, kleines Fräulein.«

»Uff, Madame Rosella, so wollte ich das nicht sagen. Ich meinte, ich habe es nicht eilig, Sie können in Ruhe nachdenken.«

»*Kasmayayım kendimi*, nicht?«

»Genau, *kasmayın.* Lächeln Sie immer so wie jetzt.«

»Na gut… dann hätte ich noch eine Bitte…«

»Ich soll die Musik leiser machen, nicht wahr? Sie haben recht, das Stück ist etwas…«

»Und diese Ohren sind ganz und gar nicht an die Rock-Tonart gewöhnt.«

»Rock-Tonart? Madame Rosella, Sie sind einfach zum Schießen.«

»Ich mag es, wenn ich Sie zum Lachen bringe.«

»Ich bitte Sie – jederzeit.«

»Wie geht es denn Ihren griechischen und russischen Verehrern?«

»Ganz gut… Sie küssen Ihnen die Hand.«

»Haben Sie sich noch einmal getroffen?«

»Ach, bloß nicht, auf beide bin ich sauer.«

»Nanu?«

»Ach… Die Blödmänner haben sich geschlagen.«

»Wo denn?«

»In der Cafeteria der Uni… Yorgo und ich saßen dort…«

»Wie? Hieß er nicht Dimitri?«

»Was habe ich gesagt?«

»Yorgo…«

»Pardon … Also, Dimitri und ich saßen dort, als Iwan, oder mit dem Namen, den Sie lieber mögen …«

»Alexej …«

»Ja, als Alexej hereinkam. Übrigens, ich habe angefangen, Anna Karenina zu lesen, hatte ich das schon gesagt?«

»So? Das freut mich sehr. Gefällt es Ihnen denn auch?

»Also, manchmal habe ich Probleme, die Beschreibungen des alten Tolstoi auf Französisch zu verstehen, aber es gefällt mir. Was für eine unglückliche Frau …«

»Sehr …«

»Aber irgendwie legt sie es auch auf das Unheil an …«

»Ja … So ähnlich wie ich …«

»Doch nicht ganz so, Madame Rosella … Wenn sie den Mut gehabt hätte, sich früher zu entscheiden, wäre sie vielleicht nicht in so einen Schlamassel hineingeraten.«

»An welcher Stelle sind Sie gerade?«

»Anna ist krank … Ihr Alexej kommt zu Besuch und begegnet ihrem Ehemann.«

»Ich denke, wir sollten darüber sprechen, wenn Sie mit dem Buch fertig sind.«

»In Ordnung.«

»Ja …«

»Ja, was?«

»Es gab also eine Schlägerei …«

»Ach ja … Wir saßen also dort, und als Alexej hereinkam, wechselten sie feindselige Blicke. Dann begann Alexej eine blödsinnige Unterhaltung mit seinen Freunden, extra laut, damit wir es hören konnten. Auf einmal machte er eine Bemerkung über Griechen, die so was von daneben war, dass ich es nicht wiederholen will ... Dimitri ließ sich das natürlich nicht gefallen und richtete den slawischen Frauen seine besten Grüße aus. Wenn ich nicht eingegriffen hätte, hätten die Strohköpfe Tische und Bänke klein geschlagen.«

»Unglaublich ...«

»Ich hab mich zu Tode geschämt.«

»Ein solcher Vorfall ist wohl in dieser Stadt zum ersten Mal geschehen.«

»Warum das denn?«

»Wir sind hier nicht in Istanbul, Mademoiselle ... Es handelt sich um eine ruhige europäische Stadt ... Hier schlagen sich Männer in der Regel nicht für eine Frau.«

»Glauben Sie mir etwa nicht?«

»Das habe ich nicht gesagt.«

»Und warum spüre ich dann, dass Sie mir nicht glauben?«

»Weiß nicht ...«

»Also, ob Sie's glauben oder nicht ... Es ist genau so passiert, wie ich erzählt habe.«

»Und was ist jetzt?«

»Ich habe beide entlassen. Jetzt geht jeder seiner Wege ...«

»Was soll ich sagen, viel Glück ...«

»Und was, meinen Sie, ist die Lektion, die ich daraus lernen sollte?«

»Wie bitte?«

»Sie haben doch eben gesagt, jeder Vorfall im Leben

soll uns etwas lehren. Was ist Ihrer Meinung nach die Botschaft?«

»Da fragen Sie mich zu viel, Mademoiselle … Was das Leben uns damit sagen will, versteht im Grunde nur der Betroffene selbst.«

»Ich denke, es sagt, ich sollte brav zu Hause bleiben und Tee trinken.«

»Das weiß ich nicht …«

»Vielleicht will es auch sagen: ›Gib dir keine Mühe, Mädchen. Dein Schicksal ist es, deinen Lebensweg allein zu gehen …‹«

»Das glaube ich nicht …«

»Warum nicht?«

»Wenn es so wäre, dann hätte es Ihnen sicher nicht diese Grazie verliehen.«

»Sie und Ihre Liebenswürdigkeit.«

»Das meine ich ernst … Aber wenn ich unbedingt eine Vermutung äußern soll – vielleicht flüstert Ihnen das Leben auch zu, dass Sie das Glück gar nicht in so weiter Ferne zu suchen brauchen …«

»Hmmm …«

»Es kann natürlich auch wollen, dass Sie, anstatt sich auf der Suche nach dem Glück völlig zu verausgaben, ein wenig ausruhen und erlauben, dass das Glück zu Ihnen kommt.«

»Darüber werde ich nachdenken.«

»Das würde mich freuen.«

»Und was war die Lektion, die das Leben Sie gelehrt hat, als Sie das Haus verließen?«

»Also … Eine Lektion war es nicht direkt, eher ein paar kleine Mitteilungen, die mir das Leben gemacht hat … Ich wohnte in Frau Elenis kleinem Zimmer, hielt mich mit dem bei meinen Klavierstunden verdienten Geld mehr schlecht als recht über Wasser und erlitt einen Nervenzusammenbruch nach dem anderen angesichts der Gerüchte, dass alle Juden des Landes verwiesen würden – und dennoch fühlte ich mich so stark wie noch nie … Zum ersten Mal war ich herausgetreten aus dem Leben, das meine Eltern oder mein Mann für mich vorgesehen hatten, fing an, auf eigenen Füßen zu stehen. Gewiss, es war ein mühsames Leben voller Entbehrungen, aber es gehörte mir allein. Mit meinem eigenen Geld kaufte ich Milch für mein Töchterchen, es war mein Geld, mit dem ich meine Kleider ausbessern ließ und mit dem ich die Miete bezahlte …«

»Außerdem waren Sie verliebt …«

»Ja, Mademoiselle … Außerdem war ich verliebt … Ich liebte Enver Rigan jeden Tag ein wenig mehr.«

»Trotz der anderen Frauen …«

»Wie oft hat er mir versprochen … Aber für ihn war es natürlich auch keine einfache Situation … Meine Überzeugungen verboten mir, meinem Mann körperlich untreu zu werden … Und er war umgeben von einem Heer von Frauen, die nur auf ein Zeichen von ihm warteten.«

»Ich weiß wirklich nicht, was ich an Ihrer Stelle getan hätte …«

»Das sind Dinge, die man sich nur schwer vorstellen kann, wenn man sie nicht erlebt hat, kleines Fräulein … Genau darauf wollte ich zu sprechen kommen: Ein Mensch erfasst erst, was er in der Lage ist zu leisten, wenn er verliebt ist oder sein Leben allein verdienen muss. So entdecken wir uns selbst. Sie müssen zugeben, dass ich mir in Berlin, als ich mit meiner Familie das Leben einer Prinzessin im Kristallpalast lebte, eine solche Situation nicht hatte träumen lassen.«

»Das stimmt natürlich … Übrigens, ich wollte noch etwas anderes fragen, jetzt habe ich es vergessen …«

»Etwas mit Enver?«

»Nein …«

»Aldo?«

»Nein, auch nicht …«

»Jaklin? Rebekka? Linet?«

»Nein, die auch nicht …«

»Ja, was denn bloß?«

»Ach, jetzt weiß ich es wieder! Also, hatten Sie denn in der Zeit gar keine Nachricht von der Familie?«

»Nach einer Weile hielt Linet es nicht mehr aus und fing an, mich einmal die Woche zu besuchen. Sie brachte mir auch Briefe von Aldo …«

»Ging es ihm gut?«

»In seinen letzten Briefen wirkte er verzweifelt und trostbedürftig … Das erstaunte mich, denn ich erlebte ihn zum ersten Mal in so desolater Verfassung. Eigentlich waren die äußeren Umstände eher gut, man hatte ihn fest als Assistenten aufgenommen, aber die weite Entfernung von seiner Tochter ging über seine Kräfte …«

»Und schrieben Sie ihm?«

»Mehr über alltägliche Begebenheiten … Kleine Streiche von Tanya, einen Weinstock, der im Garten verdorrt war, die Unterhaltungen beim Schabbatessen … Ich verheimlichte ihm die Situation, selbst als ich nicht mehr im Haus wohnte … Es ging mir mehr darum, ihn zu ermutigen. Aber allein Gott weiß, wie viele von meinen Briefen er tatsächlich erhalten hat …«

»Jedenfalls hatte er mehr Glück als Sie …«

»Vielleicht …«

»Wie hat Linet Sie eigentlich gefunden?«

»Nachdem ich mich eingerichtet hatte, hatte ich ihr über einen Freund von Enver eine Nachricht zukommen lassen. Ich wollte wohl doch ein wenig, dass sie wissen, wo ich bin …

»Damit sie kommen und Sie finden können.«

»Ja … Ganz im Innern hegte ich anscheinend doch die Hoffnung, dass alles wieder wie früher würde.«

»Aber widerspricht das nicht dem, was Sie eben gesagt haben?«

»Widerspricht?«

»Ja, Sie waren doch zufrieden, dass Sie ein eigenständiges Leben aufgebaut hatten. Wie konnten Sie da noch hoffen, dass man Ihnen verzeiht?«

»Ja … aber so war es einfach …«

»Also?«

»Was also?«

»Das war doch ein Widerspruch …«

»Kindchen, die Spezies Mensch besteht zu einem ganz großen Teil aus Widersprüchen. Und erst wir Juden …«

»Sagen Sie …«

»Jedenfalls habe ich das Mädchen Rosella mit all seinen guten und schlechten Seiten während jener mühseligen Jahre in Istanbul kennengelernt, Mademoiselle … Verstehen Sie jetzt, warum ich es nicht ertragen könnte, auch nur den kleinsten Teil davon zu vergessen?«

»Ja, das verstehe ich … Regnet es?«

»Ich glaube ja … Sollen wir hineingehen?«

»Gehen Sie, Madame Rosella … Ich muss los.«

»Nanu?«

»Ich habe da eine Verabredung …«

»Was? Mit wem? Wie?«

»Das kann ich im Moment nicht sagen … Vielleicht nächste Woche …«

»Mademoiselle, das können Sie mir nicht antun, ich bin doch so neugierig …«

»Wie gesagt, nächste Woche …«

»Na gut, so sei es. Aber ich versichere Ihnen, diese Woche wird mir sehr lang werden.«

17

»Madame Rosella, wie sehen Sie denn aus?«

»Ach, Fräulein, die letzte Woche hat mich sehr angestrengt…«

»Das sieht man Ihnen schon vom Ende der Straße aus an.«

»O je.«

»Ich möchte Sie nicht deprimieren, aber Sie sehen wirklich nicht gut aus…«

»Keine Sorge, Mademoiselle, ich kenne meinen Zustand besser als Sie… Leider hatte ich keine Zeit, mein Make-up zu erneuern, während ich Sie erwartete.«

»Das soll wohl ein Scherz sein.«

»Besonders nachts geht es mir schlecht… Ständig wache ich auf, mit dem Gefühl zu ersticken. Bis ich wieder einschlafe, muss ich minutenlang die Decke fixieren…«

»Sollten Sie vielleicht ins Krankenhaus?«

»Ich möchte die mir verbleibende Zeit zu Hause verbringen.«

»Ich begleite Sie auch. Ich bleibe dort bei Ihnen. Auch über Nacht.«

»Vielen Dank… Eben, bevor Sie gekommen sind, war

Doktor Jefi hier … Er meinte, im Garten sitzen würde mir guttun. Wenigstens etwas Sauerstoff …«

»Wie fühlen Sie sich jetzt?«

»Als ob ich sterbe …«

»Madame Rosella!«

»War nur ein Spaß, Mademoiselle.«

»Wirklich sehr witzig, bravo … Ihr jüdischer Humor wirkt manchmal wie eine kalte Dusche, nur dass Sie's wissen …«

»Aber Spaß beiseite – wenn ich so außer Atem aufwache und versuche, wieder einzuschlafen, finde ich es äußerst interessant, meinem Körper zuzuhören … Dazu passt einer von Aldos Sätzen, der mir immer gefiel: ›Wenn du das Vorhandensein eines Organs in deinem Körper spürst, dann ist dieses Organ krank.‹ Und ich sage Ihnen, Mademoiselle, wenn ich so daliege und auf das Wunder des Wiedereinschlafens warte, spüre ich jetzt jedes einzelne Organ.«

»Ach Madame Rosella, das tut mir so leid …«

»Nicht doch, machen Sie Ihre schönen Wimpern nicht nass …«

»Wenn ich doch nur etwas tun könnte …«

»Ich bitte Sie … Was Sie tun können, tun Sie auf die allerbeste Weise, keine Sorge … Jede Woche kommen Sie und sprechen mit mir …«

»Ja, aber was nützt das?«

»Sprechen tut gut, Mademoiselle … Worte vertreiben die Verschlossenheit in unserm Innern. In Worte gefasst verliert selbst der schlimmste Schmerz seinen Schrecken.

Rabbi Hama sagt, dass Sprache ein Geschenk Gottes ist, vergleichbar mit der Erschaffung der Welt.«

»Verzeihung, ich bin Ihnen gegenüber …«

»Wie war denn Ihre Verabredung?«

»Welche Verabredung?«

»Nun tun Sie doch nicht so! Letzte Woche mussten Sie doch schnell weg zu einer Verabredung …«

»Ach, ja …«

»Und, mit wem haben Sie sich getroffen?«

»Ääh … mit Dings … Klaus-Peter.«

»Ach, mit dem Assistenten. Oder war er schon Dozent?«

»Ist das wichtig, Madame Rosella?«

»Haben Sie ihm etwa auch den Laufpass gegeben?«

»Sagen wir, ich habe ihn zur Kündigung gezwungen.«

»Wie denn?«

»Ich habe ihm gesagt, dass ich lesbisch bin.«

»Was?«

»Lesbisch …«

»Moment mal … Dieses Wort hat immer noch die gleiche Bedeutung, nicht wahr?«

»Natürlich …«

»Und warum haben Sie das getan?«

»Weil er an seinen Fingernägeln kaut.«

»Wie bitte?«

»Er kaute ständig seine Fingernägel, Madame Rosella … Wenn es etwas gibt im Leben, das ich noch mehr hasse als die Geliebten meines Vaters, dann ist es der Anblick Nägel kauender Männer.«

»Also, was das betrifft, kann ich Ihnen nicht widersprechen.«

»Wenn Sie seine Hände gesehen hätten …«

»Iiiiih!«

»Sie können es sich vorstellen?«

»Bitte keine weiteren Einzelheiten!«

»So ungepflegt und abgerissen …«

»Es reicht, kleines Fräulein, mir ist schon ganz schlecht!«

»Ja, so ist es …«

»Und ich hatte mir ganz etwas anderes vorgestellt …«

»Was hatten Sie denn erwartet, Madame Rosella?«

»Die ganze Woche über war ich neugierig auf Ihre Geschichte.«

»Und ich habe Ihnen nur einen ekelhaften Bericht über abgekaute Fingernägel mitgebracht, nicht wahr?«

»Leider …«

»Sind Sie jetzt sehr traurig?«

»Ein wenig …«

»Aber vielleicht habe ich ja noch etwas dabei, das Sie wieder aufmuntert.«

»So?«

»Vielleicht habe ich diese Woche ja Sarkis gesehen …«

»Jetzt machen Sie sich einen Spaß …«

»Nein, ganz im Ernst.«

»Haben Sie sich getroffen? Wo?«

»Wie Sie sich denken können, hat mein Vater keine Zeit verloren und gleich einen neuen Verfolger für mich gefunden. Auf dem Weg zum Lager, wo ich die Lokalzeitungen, die ich auf der Straße verkaufe, abholen wollte, bemerkte ich hinter mir einen Kasachen vom Typ Bar-Rausschmeißer. Bei den Treppen nach der Rue du Rhône stellte er sich mir in den Weg und teilte mir in gebrochenem Türkisch mit, dass ich das nicht machen darf, weil mein Vater verboten hat, dass ich Zeitungen verkaufe. Darauf erwiderte ich, dass er sich um seine eigenen Angelegenheiten kümmern soll. Als er mich beim Arm packen wollte, drehte ich mich um und trat ihm vors Schienbein. Aber dieser Kasache war so ein riesenhafter Kerl, dass ein Fußtritt von mir ihm nicht mehr ausmachte als ein Mückenstich. Er begann, mich am Arm fortzuschleifen. Da fing ich an zu schreien. Wie Sie sich vorstellen können, wurde die sowieso ziemlich verlassene Straße sofort menschenleer. Die Leute machten sich, so wie es zur Art der Bewohner dieser Stadt passt, augenblicklich aus dem Staub. Aber dann passierte etwas …«

»Was denn?«

»Plötzlich hörte man das Blasen von Posaunen …«

»Posaunen?«

»Ja … der Himmel verfärbte sich, ein unglaublicher Sturm kam auf, und vom Himmel schwebte jemand mit einem großen ›S‹ auf dem Anzug herab …«

»Du mein Gott!«

»Warum haben Sie Angst?«

»War das etwa der Messias?«

»Madame Rosella, ich sagte doch schon, auf seiner Brust stand ein ›S‹, kein ›M‹.«

»Und wer war es?«

»Sarkis …«

»Das ist nicht Ihr Ernst.«

»Natürlich nicht.«

»Und was passierte in Wirklichkeit?«

»Dieser Sarkis war doch tatsächlich schon am frühen Morgen zum Tor des Studentenwohnheims gekommen. Wer auch immer ihm das eingegeben hat.«

»Schauen Sie mich nicht so an, kleines Fräulein, ich bin unschuldig …«

»Und das soll ich Ihnen glauben?«

»Na ja, fast unschuldig.«

»Aber als er den anderen Typen sah, hegte er einen Verdacht. So verfolgte also der Kasache mich, als ich das Heim verließ, und Sarkis uns beide.«

»Hat er Sie gerettet?«

»Das kann man nicht gerade sagen … Er hat eher Prügel einstecken müssen …«

»Ach, wie furchtbar …«

»Aber ich habe dort einen solchen Aufstand gemacht, so herumgebrüllt, dass der Kerl sich zuletzt verziehen musste. Aber da hatte er schon Sarkis' Lippe blutig geschlagen, und auch sein Hinterkopf blutete vom Hinfallen …«

»Er ist hingefallen?«

»Na ja, bei dem Faustschlag …«

»Ach, der Arme …«

»Der Kasache hat brutal auf ihn eingeschlagen …«

»Da hätten Sie ihn ins Krankenhaus bringen sollen …«

»Habe ich ja auch.«

»Ach, jetzt wird es romantisch …«

»Das gefällt Ihnen, nicht wahr?«

»Ja …«

»Ich habe mir schon gedacht, dass Sie hin und weg sein würden.«

»Und, haben Sie ihn verbunden?«

»Na, nun übertreiben Sie mal nicht, Madame Rosella, bin ich denn eine Krankenschwester? Das haben die in der Notaufnahme besorgt … Und zweimal am Kopf genäht.«

»Und dann?«

»Dann habe ich mich bei ihm bedankt, er hat mir einen schönen Tag gewünscht, dann haben wir uns getrennt.«

»Das war alles?«

»Was hätten wir denn noch tun sollen?«

»Sie sind nicht irgendwohin gegangen und haben noch etwas getrunken?«

»Nein, Madame Rosella …«

»Und er hat Ihnen auch nichts Spezielles gesagt?«

»Nein … Was hätte er denn sagen sollen?«

»Weiß nicht … egal …«

»Geben Sie es zu, Madame Rosella, Sie haben ihn dazu angestiftet, nicht wahr? Sie haben ihm Dampf gemacht, dass er mit mir reden soll.«

»Was für ein Dampf, Mademoiselle?«

»Ich bitte Sie, verkaufen Sie mich nicht für dumm. Sie haben genau verstanden, was ich sagen will …«

»Und, hat er es nicht gesagt?«

»Was denn?«

»Dass er sich in dem Moment, als er Sie zum ersten Mal sah, in Sie verliebt hat … Dass er an nichts anderes denken kann als an Sie … Dass es Ihnen bestimmt nicht leidtun wird, wenn Sie ihm eine Chance geben …«

»Das hätte er sagen sollen?«

»Ja, eigentlich …«

»Gott sei Dank, dass er dazu den Mut nicht aufgebracht hat.«

»Warum?«

»Weiß nicht … Auf jeden Fall gut, dass er es nicht gesagt hat … Aber was Sie da gemacht haben, wissen Sie, wie man das nennt?«

»Nein, wie nennt man das denn, kleines Fräulein?«

»Das nennt man Übereifer, Madame Rosella … Seine Nase eifrig in Dinge stecken, die einen überhaupt nichts angehen …«

»Ich bitte Sie … Warum sollte es Übereifer sein, für einen Menschen, den man sehr gern hat, das Beste zu wollen?«

»Ich kann mich sehr gut allein um meine Angelegenheiten kümmern …«

»Das merkt man … Deswegen haben Sie auch ständig …«

»Ja?«

»…«

»Ja, Madame Rosella … Was habe ich ständig?«

»…«

»Madame Rosella?«

»…«

»Madame Rosella, ist alles okay? Zelda! Zelda, komm schnell! Madame Rosella geht es nicht gut … Komm schon!«

18

Wie geht es Ihnen heute?«

»Wie soll es schon gehen?«

»Meinen Glückwunsch, Sie haben den Ärzten wirklich .as Letzte abverlangt ...«

»Ich kann es nicht leiden, weg von zu Hause zu sein, leines Fräulein ...

»Übertreiben Sie mal nicht ... Hier ist nun wirklich .as schönste Krankenhaus, das ich in meinem Leben esehen habe ... Und der Chefarzt ist auch noch ein tudent von Monsieur Aldo ... Was wollen Sie mehr?«

»Wenn ich daran denke, dass ich mein Haus nicht nehr sehen werde ...«

»Nicht doch, Madame Rosella ... Werden Sie erst mal esund, dann gehen wir gemeinsam – inșallah ...«

»Inșallah ... Was für ein schönes Wort ...«

»Ich bitte Sie, lassen Sie sich nicht gehen ...«

»Lassen Sie sich von meinen Tränen nicht stören ... Im Moment gibt es etwas, das mich mehr beschäftigt als der Tod. Nämlich, dass ich Ihnen meine Geschichte nicht, wie geplant, zu Ende erzählen kann ...«

»Die Geschichte kann warten ... Werden Sie erst mal esund ...«

»Nein, ich will erzählen …«

»Sie erzählen, und ich muss es ausbaden, wenn der Arzt mit mir schimpft, dass ich das erlaubt habe.«

»Ich möchte die Geschichte nicht unvollendet lassen …«

»Was sagst du, Zelda? Sollen wir ihr erlauben, zu erzählen? Sehen Sie, sie denkt genauso wie ich …«

»Ach Zelda, hast du bis heute gewartet, um mir zu widersprechen?«

»Jetzt seien Sie ihr nicht böse …«

»Sie verstehen das nicht, Mademoiselle … Früher konnten Sie es gar nicht erwarten, dass ich weitererzähle …«

»Auch jetzt kann ich es kaum erwarten … Ich möchte nur nicht, dass Sie sich anstrengen …

»Wissen Sie, ich kann es nicht ausstehen, Dinge nicht zu Ende zu bringen … Und wenn ich meine Geschichte nicht fertig erzähle, dann seien Sie sicher, dass ich meine Augen nicht in Frieden schließen kann …«

»Ach, Madame Rosella … Na gut, aber sprechen Sie leise … Keine Anstrengung …«

»Haben Sie Sarkis wiedergesehen?«

»Nein, noch nicht.«

»Was für ein schüchterner Junge … Manchmal bringt er mich zur Verzweiflung …«

»Erzählen Sie jetzt oder nicht?«

»Wo waren wir stehen geblieben?«

»Sie waren ausgezogen … Sie lebten bei Frau Eleni …«

»Ach, Frau Eleni … Meine Vertraute in schwerer Zeit .. Einzige Zeugin meiner Selbstentdeckung …«

»Und Enver Rigan?«

»Die Schlinge um Envers Hals wurde immer enger ... Die Geheimpolizei war überall, und er fühlte sich nirgendwo mehr sicher ... Er sagte, dass so, wie die Dinge standen, auch ich in Schwierigkeiten geraten könnte ... Unrecht hatte er nicht – ich hatte zwar durch meine Heirat die türkische Staatsangehörigkeit erworben, aber da die Nazis mir meine deutsche Staatsangehörigkeit aberkannt hatten, war meine Lage ziemlich unsicher. Noch dazu lebte ich nicht bei der Familie meines Ehemannes, sondern ganz allein in Langa. Wenn man auf mich aufmerksam würde und mich zur Ausländerbehörde brächte, war es nicht abzusehen, was für eine Behandlung ich dort erfahren würde ... Im Traum wurde ich häufig mit Gewalt zusammen mit meiner Tochter auf ein Schiff getrieben, das uns nach Deutschland bringen sollte ... An Bord erwartete uns die Gestapo – dann wachte ich schreiend auf.«

»Möchten Sie etwas Wasser?«

»Nein danke ... Eines Tages schlug Enver Rigan vor, dass wir uns trennen sollten ...«

»Sicherlich, um Sie zu schützen ...«

»Natürlich, so sagte er es ... Und auch meine Vernunft sagte es mir ... Aber tief in meinem Herzen sagte mir ein weiblicher Sinn, dass es damit zu tun haben könnte, dass ich mich ihm nicht gänzlich hingab ...«

»Also dass Sie nicht mit ihm geschlafen haben?«

»Es hört sich grausam an, wenn man es so deutlich ausspricht, ich weiß ... Aber wie soll ich sagen, ich hatte einfach den Verdacht, dass das, was ich geben konnte, ihm nicht ausreichte und dass er das, was er bei anderen Frauen suchte, bei mir nicht finden konnte.«

»Also … Ich weiß nicht, Madame Rosella … Der Enver Rigan, den Sie mir beschrieben haben, hätte sich doch nicht deswegen von Ihnen getrennt …«

»Ich weiß … Wahrscheinlich tue ich ihm sogar in diesem Moment unrecht. Sie hätten seinen Zustand sehen müssen, als er mir diesen Vorschlag machte … Zelda-Kind, würdest du mir das Kissen zurechtrücken?«

»Nicht nötig, Zelda, ich habe es schon gemacht.«

»Die arme Zelda hat die ganze Nacht bei mir gewacht …«

»Ja, wirklich … Zelda, wenn du möchtest, kannst du nach Hause gehen und dich ein wenig ausruhen. Ich bin ja hier …«

»Mademoiselle, ich glaube, sie möchte auch zuhören …«

»Hat sie das denn noch nicht gehört?«

»Noch nie hat jemand meine Geschichte gehört.«

»Ich glaub's nicht …«

»Was hatten Sie denn gedacht?«

»Was weiß ich, na, dann erzählen Sie schon weiter. Aber ich bitte Sie, ganz ruhig … Sie dürfen sich nicht anstrengen.«

»Eines Tages, in unserem Teehaus in Laleli, sagte er, es sei besser, wenn wir uns eine Weile nicht sähen … Die Geheimpolizei sei ihm auf den Fersen, und wenn wir uns weiter träfen, dann könnte bei einer Festnahme auch ich mit verhaftet werden …«

»Das hört sich durchaus vernünftig an …«

»Und wenn Sie ihn gesehen hätten … Dieser große Mann weinte wie ein Kind, als er so sprach …«

»Nein …«

»Haben Sie Ihren Vater je weinen sehen, Mademoiselle?«

»Nein, noch nie …«

»Ich habe meinen Vater zweimal weinen sehen … Das erste Mal bei meiner Hochzeit. Das zweite Mal am Bahnhof von Berlin, als ich nach Istanbul abfuhr … Enver Rigan so vor mir weinen zu sehen, machte auf mich den gleichen Eindruck …«

»Ein weinender Mann, das muss furchtbar sein …«

»Und, mein schönes Kind, die Tränen von Giganten lehren Menschen sehr viel … ob es nun Ihr Vater ist oder ein großer Dichter.«

»Und Sie haben immer noch Zweifel.«

»Ich kann nichts daran machen, so ist es einfach. Aber auch Sie sind eine Frau, Sie können mich gewiss verstehen. In der Nacht wälzte ich mich schlaflos hin und her und versuchte mir vorzustellen, neben welcher Frau er schlief, weil er es nicht bei mir konnte … Als die Sonne aufging, hatte ich meinen Entschluss längst gefasst …«

»Was für einen Entschluss?«

»Das zu tun, was er von mir wollte.«

»Nämlich?«

»Nämlich mich ihm hinzugeben, kleines Fräulein … ihm beizuwohnen … Was immer ihr im heutigen Türkisch dazu sagt … Ich wollte über alles in der Welt, dass Enver mir ganz gehörte …«

»Ein Glas Wasser?«

»Nein danke, jetzt nicht …«

»Nicht aufregen … Die Ärzte …«

»Lassen Sie die jetzt … Ich übergab Tanya wieder in die Obhut von Frau Eleni und ging zunächst zur Druckerei in Cağaloğlu … Dort sagte man mir, er sei heute nicht zur Arbeit gekommen. So ging ich zu ihm nach Hause. Er wohnte in Fatih, in einer Zweizimmerwohnung. Die Tür wurde von einem mir unbekannten Mann geöffnet. Drinnen saß noch ein zweiter Mann mit Brille und dickem Schnurrbart. Er las in einem Papier, das wie ein Brief aussah. ›Rosella Galante, bist du das?‹, fragte er mit strenger Stimme. Dann drückte er mir den Brief in die Hand.«

»War das die Polizei?«

»Aus der Abteilung für politische Gesinnung …«

»Und wie waren sie in die Wohnung gelangt?«

»Enver hatte den Schlüssel beim Vermieter im Erdgeschoss abgegeben, bevor er ging …«

»Also war er gegangen …«

»Ja … das schrieb er auch in dem Brief. Er sagte, er fühle sich in Istanbul nicht mehr sicher. Zu meinem eigenen und zu seinem Besten werde er sich für einige Zeit entfernen.«

»Und schrieb er, wohin?«

»Natürlich nicht … Er hatte wohl damit gerechnet, dass sie den Brief vor mir finden würden.«

»Aber er hätte ihn ja auch unter Ihrer Tür durchschieben können, oder?«

»Da haben Sie recht … Mir kommt es so vor, als ob es gerade seine Absicht war, dass der Brief der Polizei in die Hände fiele. Es war der einzige Weg, die Polizei davon zu überzeugen, dass ich nicht wusste, wo er sich aufhielt.«

»Also hat er wieder versucht, Sie zu schützen …«

»Auf jeden Fall.«

»Und hat die Polizei Sie laufen lassen?«

»Nein, natürlich nicht … Als sie bemerkten, dass ich Nichtmuslimin bin, brachten sie mich nach Sansaryan …«

»Sansaryan?«

»Das Polizeipräsidium, mein Kind.«

»O nein … Und hat man Ihnen etwas angetan?«

»Körperlich hat man mir nichts getan … Wenn man vom Herumstoßen absieht … Es gab sogar einen älteren Kommissar, der sich in väterlicher Weise an mich wandte … Ich sei nicht die einzige Frau, die sich von Enver Rigan hätte täuschen lassen, diese Kommunisten würden junge Mädchen wie mich in die Falle locken, und so fort … Er vergaß aber nicht, neben dem Zuckerbrot auch die Peitsche zu zeigen: Wenn ich ihnen verriete, wo er sich aufhielt, würde er davon absehen, die Sache bei der Passpolizei anzuzeigen …«

»Und was haben Sie gesagt?«

»Dass ich seinen Brief nach der Polizei gelesen habe … Dass er mir nicht das Geringste über seine Fluchtpläne gesagt hatte …«

»Na, das konnten Sie ja guten Gewissens beschwören …«

»Nun ja, ich hatte da schon ein, zwei Ideen, wo er sein könnte … Ich konnte mich erinnern, dass er am Telefon mit Parteigenossen gesprochen hatte, die sich über das Schwarze Meer nach Varna abgesetzt hatten …«

»Und das hatte er auch getan?«

»Höchstwahrscheinlich …«

»War das in Kriegszeiten nicht sehr schwierig, über die Grenze zu entkommen?«

»Das weiß ich wirklich nicht.«

»Und wie haben sie Ihnen geglaubt, dass Sie nichts wissen?«

»Das ist mir auch immer noch ein Rätsel … Eine Tatsache ist, dass sie während meiner drei Tage in Sansaryan einige Informationen über mich einholten … Sie hatten schnell festgestellt, dass ich mit einem Juden türkischer Nationalität verheiratet war und wo Aldos Familie wohnte … Vielleicht dachten sie auch, dass ich in einer Zeit, wo in Deutschland die Juden in Öfen verbrannt wurden, nicht so verrückt sein konnte, eine Ausweisung aus der Türkei zu riskieren … Ich weiß es wirklich nicht …«

»Sie haben großes Glück gehabt …«

»Das denke ich immer wieder. Gott hat mich für Tanya verschont … Ihre Unschuld hat mich beschützt und mir das Leben gerettet …«

»Vermissen Sie sie?«

»Tanya?«

»Ja.«

»O ja, sehr …«

»Sie haben mir noch nicht erzählt, warum Ihr Verhältnis angespannt ist …«

»Ach ja … eigentlich wollte ich genau darauf zu sprechen kommen … Aber da wusste ich natürlich noch nicht, dass mir nur noch so wenig Zeit bleibt …«

»Ich sehe, Sie sind schon wieder missmutig wie ein Kauz …«

»Wie bitte?«

»Ach nichts … Du hast recht, Zelda, sie muss sich ein wenig ausruhen … Also, Madame Rosella, machen Sie die Augen zu … Wenn Sie aufwachen, erzählen Sie weiter …«

19

»Oh, da haben Sie ja wieder Ihren Lieblingskanal …«

»Ja, die Pflegerinnen sind sehr gut … Sie haben ihn sofort gefunden …«

»Mal sehen … Ist das nicht Monica Seles?«

»Glückwunsch, Mademoiselle … Und ich versuche seit einer halben Stunde, mich an den Vornamen des Mädels zu erinnern …«

»Und ihre Gegnerin ist Magdalena irgendwas …«

»Ich fürchte mich richtig vor den Geräuschen, die Monica beim Aufschlag macht … So was Nervenaufreibendes …«

»Keine Sorge, da findet sich in Kürze jemand, der es auch nicht mehr aushält und mit dem Messer auf sie losgeht.«

»Ach, war das in dem Match?«

»Mit großer Wahrscheinlichkeit …«

»Aber warum wurde auf das arme Mädchen eingestochen?«

»Weiß auch nicht … Die Zeitungen schrieben, es sei ein fanatischer Steffi-Graf-Anhänger gewesen.«

»Wie furchtbar.«

»Aber Sie sehen heute gar nicht furchtbar aus …«

»Was Sie nicht sagen …«

»Werden Sie gesund, dann spielen wir ein Set …«

»Aber ja doch, natürlich …«

»Das meine ich ernst … Sie wollten doch immer einmal im Finale stehen …«

»Mademoiselle …«

»Aber ich sag Ihnen jetzt schon, gegen mich haben Sie keine große Chance …«

»Hören Sie mal, wir wissen doch beide, dass ich hier nicht mehr herauskomme, oder?«

»Haben Sie jetzt wieder Ihre fünf unsinnigen Minuten?«

»Aber wissen Sie, jede Unterhaltung mit Ihnen hatte etwas von einem guten Set …«

»Ja … Also …«

»Auch Tennis ist so etwas wie ein Gespräch … eine Art Dialog. So gut, wie Ihre Gegnerin den Ball schlägt, so gut geben Sie ihn wieder zurück … Wenn Ihre Gegnerin jedoch schlecht ist, dann können Sie so gut sein, wie Sie wollen, es wird ein lausiges Spiel.«

»Was soll ich sagen, danke sehr …«

»Es war ein schönes Finale, und es ist an mir, mich zu bedanken.«

»Madame Rosella, würden Sie bitte aufhören, mich ständig mit der Vergangenheitsform zu nerven?«

»Sie müssen doch wohl zugeben, dass es … nun ja … nicht leicht ist, in einem Krankenzimmer, angeschlossen an diese Maschinen, von der Zukunft zu sprechen.«

»Dann sprechen Sie von Vergangenem …«

»Möchten Sie, dass ich erzähle?«

»Natürlich, statt solcher Sätze erzählen Sie lieber weiter …«

»Wo waren wir stehen geblieben?«

»Warum Sie und Ihre Tochter keinen Kontakt haben …«

»Ja …«

»Aber wenn Sie zu müde sind …«

»Ich bin müde, aber ich möchte das zu Ende bringen …«

»Soll ich die Schwester rufen?«

»Nicht nötig … Nach drei angsterfüllten Tagen wurde ich an Aldos Familie ausgeliefert. Um genau zu sein, es war nur die liebe Linet, die kam, um mich abzuholen … Auf ihr Drängen hin hatte die Familie mich wieder aufgenommen … Gezwungenermaßen also … Aldo zuliebe … Ich glaube, es war ihnen auch ein klein wenig unangenehm, vielleicht fühlten sie, dass sie es übertrieben hatten … Schließlich hatte ich nicht wirklich etwas getan, das die Familienehre beschmutzt hätte, oder?«

»Absolut nicht.«

»Aber es wurde nichts wieder so wie zuvor …«

»Haben Sie noch einmal von Enver Nachricht erhalten?«

»Einen Monat später schrieben die Zeitungen, dass der kommunistische Dichter und Vaterlandsverräter sich nach Russland abgesetzt hätte … Da wurden, dank Jaklins Sticheleien, ein paar Dinge aufgewärmt, aber die

Familie hatte mit dem Militärdienst der Männer, der Kopfsteuer und den Lagern von Aşkale so viel wichtigere Dinge im Kopf, dass mein Abenteuer an Gewicht verlor …«

»Haben Sie ihm nie geschrieben?«

»Nein, Mademoiselle … Ich habe das Erlebte in meinem Innern vergraben … Ich hatte Angst, dass ich, für den Fall, dass meine Liebe erneut erblühte, diesmal nicht standhaft bleiben und dadurch alle in Gefahr bringen würde … Ich hatte nicht die Kraft, so etwas noch einmal zu erleben.«

»Da hatten Sie ja nicht unrecht …«

»Aber so einfach ist es nicht … Man beschuldigt sich selbst jahrelang … Warum war ich nicht stärker, warum habe ich für meine Liebe nicht gekämpft, warum habe ich dafür nicht alles in Kauf genommen – so zerfleischt man sich selbst …«

»Was hätten Sie denn tun können?«

»Ich hätte ihm zum Beispiel folgen können …«

»Wohin? Nach Russland?«

»Natürlich …«

»Und was wäre aus Tanya geworden?«

»Schlechter als augenblicklich wäre unser Verhältnis sicherlich nicht geworden.«

»Ich weiß nicht, Madame Rosella … Schwer zu entscheiden …«

»Als der Krieg zu Ende ging und die Reisewege wieder sicher wurden, war ich wohl der einzige Mensch auf der Welt, dessen Herz immer schwerer wurde …«

»Denn damit verloren Sie jede Hoffnung, Enver noch einmal wiederzusehen.«

»Ja. Aldo ließ uns sofort kommen … Bei unserem Wiedersehen fand ich ihn stark gealtert … Als seien inzwischen nicht fünf, sondern zwanzig Jahre vergangen … Seine Haare waren ausgefallen, außerdem war er abgemagert. Das Einzige, was gut lief, war seine Karriere an der Universität. Das jüdische Ehepaar, bei dem er während des Krieges untergekommen war, wanderte nach Amerika aus und hinterließ ihm sein Haus …«

»Das Haus, in dem Sie jetzt wohnen?«

»Ja, Mademoiselle … Unsere einzige gute Erinnerung an jene Jahre … Der Weltkrieg war zu Ende und hatte sechzig Millionen Menschen das Leben gekostet … Irgendwie hatten wir es geschafft, zu überleben … Vor uns lag ein Leben, das es zu leben galt, hinter uns lag der Preis dafür. Außerdem hatte ich nur noch so wenige Erwartungen an die Welt, dass ich mit Freuden zustimmte, hier zu leben.«

»Sechzig Jahre lang …«

»Ja, Mademoiselle … Genau sechzig Jahre …«

»Warum sind Sie nicht noch einmal nach Istanbul gefahren?«

»Das weiß ich nicht … Ich hatte wohl Angst, meine Erinnerungen zu verfälschen … Das Istanbul, das ich im Fernsehen sah, hatte nicht mehr viel zu tun mit der Stadt, die ich kannte …«

»Das stimmt auch wieder … Ich nehme an, Monsieur Aldo liebte Sie noch immer sehr.«

»Ganz sicher war ich mir dessen erst nach seinem Tod.«

»Wie das?«

»Nach dem Begräbnis suchte ich in einer Kiste mit seinen persönlichen Dingen nach bestimmten Papieren. Dabei fand ich einige Briefe, die er während des Krieges aus Istanbul erhalten hatte. Alle waren von Jaklin.«

»O je … Was hatte sie geschrieben?«

»Ich habe es nicht übers Herz gebracht, alle zu lesen, aber gleich aus dem ersten verstand ich, dass sie ihm bis ins kleinste Detail berichtet hat, wie ich meinen Mann betrog … Meine Treffen mit Enver Rigan, wohin wir zusammen gingen, den Teegarten in Laleli …«

»Und Monsieur Aldo hat nie mit Ihnen darüber gesprochen?«

»Nein.«

»Aber die Briefe hat er aufgehoben.«

»Ja.«

»Fast sechzig Jahre …«

»Ja …«

»Wie schwer für einen Mann …«

»Leider …«

»Und Tanya?«

»Tanya hat sich nicht so tolerant verhalten wie ihr Vater.«

»Hat sie die Briefe auch gelesen?«

»Ja.«

»Haben Sie sie ihr gegeben?«

»Nein, natürlich nicht … Aber ich muss wohl gewollt

haben, dass sie die Briefe eines Tages findet und liest … Genau wie Aldo es irgendwie gewünscht haben muss, dass ich die Briefe finde und lese … Sonst hätten wir sie ja beizeiten verbrennen können, nicht wahr?«

»Ja, das stimmt …«

»Tanya kam eines Morgens mit vor Wut verzerrtem Gesicht in mein Zimmer gestürmt, wedelte mit den Briefen in ihrer Hand und fragte mich, wie ich ihrem Vater so eine Gemeinheit antun konnte.«

»Und was haben Sie ihr geantwortet?«

»Nichts …«

»Wie … nichts?«

»Stellen Sie sich vor … Sie sind meine Tochter … Sie erfahren, dass ich einen anderen Mann geliebt habe. Wie hätten Sie da reagiert?«

»Ich verstehe, Madame Rosella …«

»Dessen war ich mir vollkommen sicher, Mademoiselle …«

»Möchten Sie, dass ich Tanya anrufe?«

»Warum?«

»Vielleicht möchte sie Sie sehen.«

»Jetzt lassen Sie mal Tanya aus dem Spiel und rufen lieber Ihre eigene Mutter an, kleines Fräulein … Was diese Frau erleidet, weiß ich ganz genau.«

»Und Sie glauben, dass sie noch etwas von mir wissen will?«

»Darauf können Sie sich verlassen.«

»Madame Rosella, ist alles in Ordnung mit Ihnen?«

»Ja … Ja, alles in Ordnung.«

»Aber Ihre Hand … Ganz kalt …«

»Ist nicht … schlimm …«

»Madame Rosella?«

»…«

»Zelda, hol sofort die Krankenschwester!«

»Es … geht mir sehr gut, Mademoiselle. Muss mich nur ein wenig ausruhen …«

»Ihre Hand ist ganz kalt …«

»Ein wenig kühl, aber schön … So … wie der Herbst …«

»Geben Sie nicht auf, ich bitte Sie …«

»Wie schön Sie sind, mein Kind … Wie frisch … Aber ich habe zu viel geredet … Jetzt bin ich müde …«

»Schwester! Schwester!«

»…«

»…«

20

Meine liebe Tochter Pelin,

dass Zelda Dir diesen Brief ausgehändigt hat, heißt, dass mein Gastspiel auf Erden beendet ist. Wenn es Dich erleichtert, weine ruhig um mich, aber nicht allzu lange. Schließlich habe ich ein langes Leben gelebt, und Du musst zugeben, dass der Wunsch nach noch mehr davon schon an Völlerei grenzen würde. Der Mensch sollte sich nicht mehr als nötig am Leben festkrallen …

Ich bin sicher, Du wirst es mir verzeihen, dass ich Dich jetzt duze. Sich wie französische Gouvernanten zu siezen, hatte durchaus etwas Reizvolles. Es war sozusagen von einer fast vergessenen Poesie. Aber bei diesen letzten Worten, die Dir von mir bleiben werden, ist mir danach, wie eine Mutter mit Dir zu reden.

Mein schönes Mädchen,

mit Deinen Gesprächen und Deiner Schönheit hast Du mir die letzten Lebenstage erhellt, dafür danke ich Dir.

Ich hoffe, es hat Dich nicht zu sehr gelangweilt. Ich hätte Dir gern alles noch ausführlicher, in noch leuchtenderen Farben geschildert, aber leider ging es nicht besser.

Du weißt jetzt sehr viel über mein Leben. Und natürlich weiß ich auch so einiges über das Deinige. Ich muss sogar zugeben, da ich ja eine so viel ältere Schildkröte bin als Du, dass ich auch noch manches mit ins Grab nehme, das Du mir zwischen den Zeilen mitgeteilt hast.

Einsamkeit ist etwas Furchtbares, liebe Pelin … Und nicht von einem selbst gewählte Einsamkeit ist das Allerschlimmste. Ein Mensch, der in einem bestimmten Lebensabschnitt einsamer ist als ihm guttut, kann sehr merkwürdige Dinge tun. Etwa in der Lokalzeitung absonderliche Anzeigen aufgeben.

Die Vergangenheit in der Erinnerung, ohne es recht zu merken, zu einem Theaterstück ausschmücken …

Oder um die eigene Einsamkeit zu verheimlichen, die Gegenwart ausschmücken. Er kann in seiner Fantasie einen Dimitri, einen Alexej oder einen Klaus-Peter erschaffen und sich aus vollem Herzen wünschen, an deren Existenz zu glauben. Ich bin hundertprozentig davon überzeugt, mein Mädchen, dass Du mir in diesem Punkt recht geben wirst.

Manchmal haben solch Einsame wie wir das Glück, einander zu begegnen und sich gegenseitig zu trösten. Sie erkennen sich an ihren Verletzungen… Ganz so wie Du und ich, gleich auf den ersten Blick… Egal, ob im schönen Istanbul oder in dieser schnurgeraden europäischen Stadt…

Einsamkeit ist überall die gleiche Einsamkeit, mein Kind. Genau wie unsere Gebete überall die gleichen Gebete sind.

Mein Anwalt wird Dich innerhalb einer Woche für die Grundbuchübertragung anrufen. Das Haus, Zelda und die Katze, darum musst Du Dich nun kümmern. Bitte verzeih mir, dass ich dazu nicht Deine Meinung eingeholt habe.

Ich glaube nicht, dass diese Verfügung für Tanya ein Problem ist. Wenn sie zu meiner Beerdigung kommen sollte, bitte ich Dich, ihr Folgendes auszurichten: Ich habe sie immer über alles geliebt. Ich weiß nicht, ob ich ihr eine gute Mutter war, aber Gott ist Zeuge der Grenzenlosigkeit meiner Liebe, die ich in meinem Innersten vergraben habe.

Du siehst, liebe Pelin – Mutter oder Vater sein ist ein Herzschmerz ohne Ende… Auch wenn ich sie nicht kenne, bin ich sicher, dass Deine Mutter das ebenso beschreiben würde.

Allen, die an meinem Begräbnis teilnehmen und für mich das Kaddisch sprechen werden, sende ich meinen Dank… Vielleicht wirst Du diesen Brief vor meiner Beerdigung lesen. Und vielleicht wirst Du mit Sarkis gemeinsam den Friedhof verlassen. Auf den Lippen habt ihr noch den Geschmack des Gebetes, das ihr, jeder seiner Religion gemäß, für mich gesprochen habt. Vielleicht hast Du dann plötzlich Lust auf Salbeitee. Und Sarkis könnte Dich daraufhin in seine Konditorei einladen.

Dann geht Ihr auf einer Gasse, die sich zum Horizont hin verengt, nebeneinander in die Ferne. Wenn ihr am Ende der Gasse nur noch ganz klein zu erkennen seid, schwenkt die Kamera ein wenig nach oben, und während der blaue Frühlingshimmel die Leinwand bedeckt, beginnt der Abspann…

Und ich werde das alles von meinem Logenplatz aus betrachten, mein schönes Kind. Wenn der Herbst kommt mit Regenschauern, werde ich vielleicht als ein Wassertropfen zu Dir zurückkehren. Als Kühlung auf Deiner Wange…

Dann sprechen wir uns möglicherweise wieder, natürlich nur, wenn es Dir nicht auf die Nerven geht…

Um mit Aldos Worten zu sprechen: Kedavos en bon'ora – *Lebe wohl.*

Rosella

Dank

Ich danke Solmaz Kâmuran, Rifat N. Bali, Ara Koçunyan und Mehmet Yaşin, die mit Anregungen und Kritik zu diesem Buch beigetragen haben.

Elizabeth Strout

Mit Blick aufs Meer

Roman

480 Seiten, *btb* 74700
Geschenkausgabe im kleinen Format,
bedrucktes Ganzleinen mit Lesebändchen
Aus dem Amerikanischen von Sabine Roth

Ausgezeichnet mit dem Pulitzerpreis

In Crosby, einer kleinen Stadt an der Küste von Maine, ist nicht viel los. Doch sieht man genauer hin, ist jeder Mensch eine Geschichte und Crosby die ganze Welt. Die amerikanische Bestsellerautorin fügt diese Geschichten mit liebevoller Ironie und feinem Gespür für Zwischenmenschliches zu einem unvergesslichen Roman.

»Warmherzig, anrührend, lebensklug.«

Frankfurter Allgemeine Zeitung

Katarina Bivald

Ein Buchladen zum Verlieben

Roman

448 Seiten, *btb* Hardcover

Übersetzt von Gabriele Haefs

Wie eine Buchhandlung einen verschlafenen Ort wieder zum Leben erweckt.

Es beginnt mit einer ungewöhnlichen Brieffreundschaft. Die 65-jährige Amy aus Iowa und die 28-jährige Sara aus Schweden verbindet eines: Sie lieben Bücher – mehr noch als Menschen. Begeistert beschließt Sara, ihre Seelenverwandte zu besuchen. Als sie jedoch in Broken Wheel ankommt, ist Amy tot. Und Sara mutterseelenallein. Irgendwo in Iowa. Doch Sara lässt sich nicht unterkriegen und eröffnet mit Amys Sammlung eine Buchhandlung. Ihre Empfehlungen sind so skurril und liebenswert wie die Einwohner selbst …

»Über die Leidenschaft zum Lesen, einen Ort, der langsam zu verfallen droht, und über die Liebe (natürlich!).«

Femina

Stephen Uhly

Glückskind

Roman

288 Seiten, btb 74612

»Dieser Roman … eröffnet ein ganzes Universum! Ein berührendes, ein grandioses Leseerlebnis!«
Egon Ammann

Deutschland 2012. »Warum war ich überhaupt so, wie ich war?«, fragt sich Hans D. Jahrelang hatte er keine Fragen mehr. Im Gegenteil, er war kurz davor, fraglos aufzugeben. Und dann? Dann bringt er den Müll hinunter, geht zu den Tonnen, findet im Müll ein Kind. Es beginnt ein berührender Prozess über die Entscheidung, was geschehen muss. Das Kind behalten, es verbergen? Und die Mutter? Eine Mordanklage zulassen, wider besseres Wissen? Was ist gerecht? Wie handeln? Am Ende der Geschichte sind die Dinge neu geordnet. Ein Kind wird überlebt haben, und mit Hans D. werden wir wissen, dass Liebe der Schlüssel ist für Erkenntnis, Veränderung, ein gutes Leben.

»Das Buch ist wahrlich ein Glücksfall - auch für den Leser.«
Andrea Steiler, Münchner Merkur